Sonya
ソーニャ文庫

堅物王太子は
愛しい婚約者に手を出せない

小山内慧夢

イースト・プレス

contents

プロローグ

　グリーデル国の西端から中央まで、観光がてらゆっくりと馬車で揺られること十四日間。馬を何度か替えながらようやく到着した王都は、想像よりも多くの人が溢れている。ティルザは物珍しさから思わず車窓に齧《かじ》りついた。ティルザが住む辺境伯領も田舎ではないが、王都は春を祝う『花祭り』のせいかそこかしこに色とりどりの花が飾られている。遠出が初めてのティルザは好奇心を抑えられなかった。

　しかし王城に入り馬車を降りると、ティルザの好奇心は完全に引っ込んでしまった。

　王城にいる人々がなぜか食い入るようにティルザを見ているからだ。視線が痛いほど刺さるのに、彼らが話しかけてくる様子はない。

（……いったいなんなの？　なにか言いたいことがあるのなら言ってくだされればいいのに）

おおらかな気風の辺境伯領では、このような妙に緊迫感のある雰囲気に包まれたことはない。ティルザはだんだんと不安になってしまう。初めての遠出、ましてや初めての王城である。

自分よりもずっと王城の催しや作法に詳しいはずの辺境伯である父親は、『いつも通りにしていれば大丈夫』と言うだけで細かなことを教えてくれない。

このような公式の場が初めての自分に『いつも通り』とは。父親の考えがわからず、ティルザは困惑する。ティルザが考える社交界デビューとは、初々《ういうい》しい子息令嬢たちが挨拶を交わしたり出会いを求めたりするものだ。決して今のような珍妙な動物でも見るように遠巻きにされることではない。断じて。

周囲の態度が意味不明のまま、ティルザは父と共に舞踏会が行われるメインホールに案内された。

(え？　最初に別室で顔を合わせるのではないの？　どうしよう、ここでいきなり国王陛下や王太子様と対面するの？)

これからティルザがやろうとしていることは、あまり外聞がよろしくないことだ。メインホールではなく、別室で関係者のみを集めてやるべきだろう。困惑したティルザは、隣で澄ました顔をしている父親を見上げた。

今日は王都で行われる今年初めての舞踏会である。

長い冬を耐え芽吹いた新しい季節を喜び祝う『花祭り』の期間中に行われるもので、ここで社交界デビューする子女は多い。そして王族の成人の儀や婚姻の発表が行われることも多い。ティルザはそのどちらにも当てはまる、いわば『本日のメインイベント』の重要人物である。

いくらグリーデル国にとって重要な土地を守護する辺境伯家の令嬢であろうとも、国王陛下と王太子殿下に挨拶もせずに帰るなどそんな無礼なことができるわけがない。

だが今のティルザは、可能ならばここで踵《きびす》を返して帰りたいくらいの気分だった。

（こんなにたくさんの人がいる中では無理よ……こうなったら国王陛下か王太子様がお出ましになったら、ホールの柱の陰とか隅っことかに引っ張っていって『婚約破棄したいのですけど……』とこっそりお願いしたほうがいいのではないかしら）

ティルザは真剣に考え込む。そのような行動をすればよりいっそう目立つことになるのだが、本日の目的を果たすことにばかり意識がいっているティルザは気づいていない。

そう、ティルザはここに婚約を破棄しに来たのだ。

ボルスト辺境伯令嬢ティルザは、このグリーデル国王太子と婚約関係にある。

生まれたときに決められた、完全なる政略結婚。

だが、ティルザには想い人がいる。想い人を心に秘めたまま、別人との婚約も結婚も受け入れがたい。

おおらかな辺境伯領で育ったとはいえ、ティルザも貴族の令嬢である。政略結婚の重要性も理解している。婚約前の打診段階ならまだしも、すでに婚約関係にある今、王族相手に臣下側から婚約破棄を申し入れるのは難しいということもわかっている。自分だけが罰を受けるならかまわないが、辺境伯家と領内の人々になんらかの不利益が生じる可能性は避けたい。

しかも、相手にはなんの落ち度もない。

なにをいまさらと言われても、ティルザの心に想い人がいるかぎり、婚約も結婚も受け入れがたいのだ。

こんな女は王太子殿下だって嫌に違いない。

今日の顔合わせがすんでしまえば、王太子妃教育が始まってしまう。その前になんとかしなくてはならない。

できるだけ穏便に婚約破棄ができればいいのだが。できるだろうか……。いや、やらねばなるまい。そう決意を固めるティルザは緊張した面持ちで、国王陛下と王太子殿下が現れるのを待つ。

そこへ王族の到着を知らせる侍従長の声がメインホールに響いた。

「王太子殿下のおなりです」

すぐに人の波が割れ、ティルザの前まで一本の道ができる。

心臓が早鐘を打ち緊張が頂点に達するが、ティルザは己を奮い立たせるように背筋をピンと伸ばした。

（よし、……言うわ、隅っこにお連れして……婚約破棄したいです、婚約破棄させてください、婚約破棄します……！）

何度も口の中で呪文のように唱えていると、背の高い男性が従者を伴って靴音を響かせながらこちらに向かってくる。

王太子殿下の顔を見た瞬間、ティルザは全身が心臓になったような錯覚をおぼえた。身体中の血が激しく脈打ち、首から上が真夏の太陽に照らされたように熱くなる。

（え、この方が王太子殿下？　全然弱々しくない……それに）

ティルザは自らが勝手に作り出していた王太子殿下像が間違っていたことに衝撃を受けた。ティルザは王太子殿下のことを、この国の継嗣《けいし》なのだから王城の奥深くで大事に大事に育てられ、辺境伯軍の兵士たちのように鍛《きた》えることなど決してないひょろひょろの男性だろうと思い込んでいたのだ。

ところが、目の前にいるのは、辺境伯軍の兵士に勝るとも劣らない立派な体格の男性である。想い人がいるティルザは婚約者の王太子殿下に興味を持てず、彼の人柄や容姿を知ろうとさえしなかったせいもあり、驚かずにはいられなかった。

（なぜ？　なぜこんなに顔が熱いの？）

ティルザは混乱していた。顔の熱さは増していくばかり、心臓はドキドキどころではなく、バクバクと今にも破裂しそうなほど忙しない。ティルザは耐え切れずに顔を伏せた。

「辺境伯、お久しぶりです」

「殿下もお変わりないようでなによりです」

辺境伯である父と言葉を交わす王太子の声を聞いて、ティルザの顔がさらに熱くなる。

（……なんて素敵な方……）

と考えた自分にティルザは驚かずにいられなかった。

（素敵な方……？　わたし、王太子殿下のことを素敵だと思っているの？　え、なんで、初恋の君はどうしたっていうのわたし！　これでは尻軽みたいじゃない……っ）

激しく動揺するティルザをよそに、父と王太子は淡々と会話を進め、顔合わせの挨拶へと流れを持っていく。

「辺境伯、こちらのご令嬢が？」

「ええ、我が娘ティルザ・ボルストです。ティルザ、殿下にご挨拶を」

ティルザはふがいない自分を奮い立たせるために顔を上げた。王太子殿下と視線が絡み合う。優しそうな暗褐色《あんかっしょく》の瞳と柔らかそうな茶色の髪が、お気に入りのクマのぬいぐるみのヘンリーを思い起こさせる。

（あ、好き。……わたしこの人のことがとても好きだわ）

自分でも不思議になるほど急速に王太子に惹かれていき、ティルザは彼から目を離せなくなっていた。そして王太子の顔に見覚えがあることに気付く。

(……初恋の騎士様……!!)

王太子殿下の左眉の上に微《かす》かにある古い傷跡。ティルザが見間違えるわけがない。

初恋の騎士様も、幼い自分を颯爽《さっそう》と助けてくれたときに同じ場所に傷を負った。

恐ろしい目に遭《あ》ったというのに心に傷が残らなかったほどに、彼の存在は幼かったティルザの心の大部分を占めてしまった。今でさえも。

ティルザは王太子殿下をうっとりと見つめた。凛々《りり》しい顔つきは当時と変わらない。むしろ、よりいっそう精悍《せいかん》になっている。

(もしかして……これは運命!)

幼い頃から願い続けていた初恋の君との邂逅《かいこう》にティルザは歓喜した。

「ティルザ?」

辺境伯がなかなか挨拶をしないティルザの背を押して合図する。

「は、はい……!　初めまして王太子殿下……ティルザ・ボルストでございます」

挨拶よりも聞きたいことがたくさんあったが、まさか会って挨拶もせずに質問攻めにするなど、淑女のすることではない。

ティルザは逸《はや》る心を抑えて精一杯優雅に見えるようにカーテシーを披露する。

しかしちらりと王太子を盗み見て、その表情に驚いた。

彼は痛ましそうにティルザを見ていたのだ。

凛々しい眉を寄せ固く唇を引き結ぶそれは、まるで雨の日に打ち捨てられた子猫でも見るような憐れみに満ちていた。どうして婚約者をそんな目で見るのかわからず、ティルザは困惑する。

(なぜ？　どうしてわたし、王太子殿下から可哀そうだと思われているの？)

王太子の表情はすぐににこやかなものに切り替わるが、その瞳はどこかよそよそしさを感じさせた。

「これは可愛らしい令嬢だ。私のような無骨《ぶこつ》な男とは釣り合わないな」

照れ隠しでおどけてみせるような声音《こわね》だったが、ティルザにはそれが彼の本心だとわかった。さきほどまで熱く浮き立っていたのに、彼の声音に心寒くなってしまう。

彼が婚約者として自分の手を取るどころか、離れようとしていると直感で理解した。

(どうして？　この婚約は古の盟約により王家から申し出られたもののはず……)

婚約破棄を申し入れようとしていた自分のことは棚に上げて、ティルザは狼狽《ろうばい》した。

「ははは。箱入りで育ったこともあり、娘はまだ子供っぽいところもありましてね」

辺境伯が否定とも肯定ともつかない言葉で場を繋いだ。

「殿下が素敵だから緊張しているのかい？　そうだティルザ。殿下にお願いがあると言っ

ていたね。今お話ししてみてはどうだい？」

その言葉にティルザは瞠目《どうもく》した。父の言う『お願い』とは『婚約破棄』のことだからだ。先ほどまでとは真逆で、婚約破棄を願い出る気持ちなどまったくなくなってしまっているのに、なにを王太子殿下にお話しすればいいというのだろうか。

「そうなのか？　実は私も令嬢には頼みがあるのだ。よければお先にどうぞ？」

王太子は腰を屈めティルザの手を取った。それはまるでダンスに誘うような仕草であった。触れた指先からほんのりと彼の体温が伝わる。たったそれだけで再び心は浮き立ってしまう。けれど、彼から婚約破棄をされる気配を敏感に察知したティルザは同時に焦《あせ》りを感じていた。

（離れたくない、わたしはこの方と一緒にいたい……！）

決意を固めるとティルザは顔を上げた。それを受けて目の前の王太子はにこりと軽く微《ほほ》笑《え》んだ。

彼にしてみれば、礼儀の範囲内であったであろうその笑顔は、ティルザの心臓のど真ん中を貫いた。至近距離からの思わぬ攻撃に致命傷を負ったティルザは、真っ白になった頭で反射的に言い放った。

それはいつか初恋の騎士に再会したら彼の耳元で囁《ささや》こうと考えていた言葉だった。

「すぐにまぐわい、子作りしましょう！」

美しく清楚《せいそ》な令嬢から発せられた衝撃的な言葉に、ホールの空気が一瞬で凍り付く。

騒めいていたホールが静寂に包まれ、ティルザは我に返った。

「はっ、わたし今、なにを……？」

自らの失言に慌てて口許を隠したティルザだったが、一度口にしてしまった言葉をなかったことにはできなかった。その直後、ホールは混乱の坩堝《るつぼ》と化した。

1・深緑の女王

コーカルガ大陸の西にあるグリーデル国には『聖域』がある。

すべての命の根源である『深緑の女王』が住まう『深緑の森』がそれだ。

濃い緑と豊富な水源を持つ『深緑の森』が人の手で荒らされることがないよう神話の時代から守護してきたボルスト辺境伯家は、ある特殊な事情から王家に匹敵するほどの影響力を持っている。

深緑の女王から深い信頼を得ている彼ら一族のもとに、女王の坐《いま》す森を写し取ったような、神秘的に煌《きら》めく深緑の瞳を持つ娘が生まれるからだ。

『緑眼の娘』または『女王に愛された娘』と呼ばれ、女王の加護をあふれんばかりに受けて生まれてくるという。

グリーデル国の建国神話を子供向けにわかりやすくまとめた『深緑の森の女王と三兄

弟』というおとぎ話にはこう語られている。

長兄グリーデルとその弟ボルスト、そしてトロイの三兄弟は豊穣の女神『深緑の女王』の住まう森で暮らし、森の民として女王を守り善《よ》く生きていた。

だが、あるとき欲に駆られた末弟のトロイが深緑の森を切り開き、焼き払ってしまう。ひどく傷つけられた女王はその身を癒《いや》すために森を閉じることにし、森で暮らしていた民は女王の加護の届かない『外』で暮らすしかなくなってしまった。

そこで、三兄弟の中で身体が大きく行動力のあるグリーデルが森の民を導き女王の御膝元に国を作った。女王の代わりに民の声を聞き、善く生きるために奔走したのである。

多忙となったグリーデルは女王を癒す余裕がなく、その役目を忠実な弟のボルストに託した。

ボルストは兄の作った国の一番端、深緑の森に一番近いところに居を構え、木を植え森の再生に力を尽くした。

やがて長い時を経て目覚めた深緑の女王は、再生した森を見て大いに喜んだという。女王はボルストに『森の恵み』を与えた。恵みを得たボルストはますます女王を守り善く生きたのだという。

ここで語られる『森の恵み』とは、ボルスト直系の血筋から生まれる深緑の瞳を持つ女児『女王に愛された娘』のことだ。女王の加護を受けた娘が住むところは作物が良く育ち、水も枯れることがなかったとも伝えられている。

ボルスト直系の血筋からしか緑眼を持つ女児が生まれないこと、そして『女王に愛された娘』を娶《めと》った時代のグリーデル国王の治世は飢饉や干ばつなどとは無縁なことから、深緑の瞳を持つ女児は女王の加護を受け豊穣をもたらすと信じている者は多い。

それゆえにグリーデル王家はボルスト一族に緑眼の娘が生まれると、王妃として迎えるのが慣例となっていた。

しかしグリーデル国にとって都合よくボルスト一族に『女王に愛された娘』が定期的に生まれるわけではない。

実際ここ数代の間、緑眼を持つ女児は生まれていなかった。

「それは、本当なのですか父上……、いえ、陛下」

王の間に呼び出されたグリーデル国王太子・ローデヴェイクは耳を疑った。父であるグリーデル国王が告げた言葉を理解できなかったのだ。

瞠目し父を仰ぎ見たローデヴェイクに、国王は一切感情のこもらない目を向ける。

「ボルストに女児が生まれた。緑眼を持つ『女王に愛された娘』だそうだ。その娘をお前の婚約者とする」

ローデヴェイクの脳裏に母親である王妃の顔が浮かぶ。

高位貴族の娘に生まれ、容姿も能力も優れていた母は当時王太子だった父に望まれていたにもかかわらず、婚約を認められなかった。ローデヴェイクの祖父である前国王がボルスト辺境伯家に緑眼の娘が生まれるのを待ち続けていたからだ。

前国王は王太子の婚期を遅らせてまで、彼に緑眼の娘を娶らせることにこだわった。自分の代では緑眼の娘が生まれず娶ることは叶わなかったが、そのぶん息子の代に期待を寄せた。熱望する様はいっそ異様であったという。

結局、母は婚姻どころか婚約も認められないまま、ローデヴェイクを身籠り出産した。

いまでこそ現国王と王妃の婚姻は『授かり婚』と言われ受け入れられているが、貴族女性は婚姻まで純潔であることが当然とされているゆえに陰口を叩かれた。だが貴族たちの間で、いつ生まれるともしれないボルストの緑眼の娘を待つよりも、継嗣が生まれたことを喜ぶべきではという論調が強まり、ようやく前国王は深いため息とともに息子の婚姻を認めたのだ。

ボルストの名が話題にのぼるたびに表情を硬くする母を、ローデヴェイクは間近に見てきた。だからこそ、父の言葉を理解することができない。それが為政者としての判断であったとしても。

「ま、待ってください陛下。……僕は、先日十二歳になりました」

「なにが言いたい」

目を眇《すが》める国王に、ローデヴェイクは苛立《いらだ》ちを覚えた。

「お話ではボルスト辺境伯の令嬢は生まれたばかりと」

「その通りだ」

「…………っ」

ローデヴェイクは奥歯を嚙《か》みしめた。ここで駄々をこねる幼い子供のように喚《わめ》いても、国王が自分の言葉に耳を傾けてくれるわけがない。

『女王に愛された娘』がどういう存在であるか当然知っている。緑眼の娘を娶ることは豊穣の女神である『深緑の女王』を守ることになるのだと、グリーデルの王族は教えられてきた。もちろんローデヴェイクも、だ。

それでも十二歳の少年であるローデヴェイクには父のように為政者の視点を持つことはまだ難しく、抑えがたいほどの怒りが肚《はら》を灼《や》く。

「生まれたばかりの赤子に、十二も年の離れた男を宛がうというのですか!?」

この国では十六歳を迎えると成人として認められ、婚姻を結ぶことができるようになる。

つまりボルスト辺境伯家に生まれたばかりの赤子が婚姻できるようになるのは、十六年後。そのときローデヴェイクは二十八歳だ。継嗣をもうけることが義務である王太子の婚期が遅れることも問題だが、生まれたばかりの赤子の未来を縛ってしまう婚約への強い抵抗感があった。

ボルスト辺境伯だとて納得できることではないだろう。

ローデヴェイクにとって辺境伯レクス・ボルストは英雄である。神代から続く深緑の森を守護してきた誠実な騎士の家系だ。穏やかで争いを好まず、正しいことを行い善く生きようとするその姿勢は、自らもこうありたいとローデヴェイクが憧れてやまない。憧れの人の娘に無理強《じ》いなど絶対にしたくなかった。

声を荒らげたローデヴェイクを窘《たしな》めようと年老いた宰相が一歩前に出ようとしたが、手を上げて止めた国王は立ち上がった。

グリーデル国王は筋骨隆々《きんこつりゅうりゅう》な体格ではないがひょろりと背が高く、冷淡な表情で睥睨《へいげい》するだけで凄《すご》みが出る。それは容赦なく息子であるローデヴェイクを威圧した。ローデヴェイクは思わず息を詰め後退りしそうになったが、肚に渦巻く怒りが己を奮い立たせる。

国王はローデヴェイクの近くまで歩み寄ると両手を後ろ手に組み、正面から見下ろしさらに威圧を強めた。

「王族の婚姻とはそういうものだと心得よ。政略結婚ならば十二歳程度の年の差はよくあることだ。お前もグリーデル国の継嗣として生を受けたのであれば、『女王に愛された娘』を娶るのは使命である」

親子の情など一切挟むことのない為政者としての声に、ぞくりと背筋が凍った。

「王命である。二度は言わぬ」

冷徹に言い放つと国王はマントを翻《ひるがえ》して王の間を出て行った。残されたローデヴェイクは拳《こぶし》を握りこむ。

『女王に愛された娘』を娶るのは王族の使命と割り切るべきなのだろう。王族も貴族も婚姻の自由などないのだから。そうわかっていても、生まれたばかりの赤子の未来を縛りつけてしまう婚約は受け入れがたい。

ボルストにこだわる前国王のせいで母を悲しませたのに、同じことをローデヴェイクに強いる父は「緑眼の娘を娶るだけで飢饉や干ばつなどない国にできる」と思考停止しているように思える。

もとよりローデヴェイクは加護を欲して緑眼の娘を娶ることには懐疑的なのだ。

加護に頼り縋《すが》るのではなく、自らの力で国を導き繁栄させるのが王族としてあるべき姿ではないか、と。

母である王妃の気持ちを思えばなおさらだ。

国王の言葉を覆すだけの力がない自分への怒りで、ローデヴェイクは身体が震えるのを止めることができなかった。

ローデヴェイクは消化できない怒りを抱えたまま、王の間を出て長い回廊を歩く。回廊の突き当たりを右に曲がると、王妃の庭と呼ばれる日当たりのいい場所に出た。

　ここは歴代の王妃が公務の合間に好きな花を育てて、ティータイムを楽しんできた庭だ。代々植える花は変わっても美しい庭だったと聞く。特にボルストから輿入れした王妃の代は、女神の加護があるからか一年中花が咲き乱れていたという。

　だが今は青々とした芝生が植えられただけの寂《さび》しい場所だった。ローデヴェイクの母がこの庭に来ることはほとんどない。花を育てることに興味がないと母は言うが、ボルストを連想してしまう場所や事柄を避けているのだろう。

　母の気持ちを思うとローデヴェイクの心は塞ぐ。

　緑眼の女児が生まれれば王妃になることが約束されているボルスト辺境伯家への牽制の意味もあるのだろうが、高位貴族の中には神話通りに緑眼の娘を必ず王妃に迎える必要はないのではと意見する者たちもいる。王太子である自分と年齢的にも身分的にも釣りあう娘のいる家は特にそうだ。

　他力本願だとわかっているが、彼らが声高に議会でこの婚約に反対してくれればいいのにと願わずにはいられない。

　ローデヴェイクは奥歯を嚙みしめ剣を取った。

　誰も来ないこの庭は自主練習に最適な場所で、ローデヴェイクはここに素振り用の剣を隠し置いている。騎士団の訓練場でも剣の稽古をつけてもらっているが、少し身体を動かしたいときや無心になりたいときはこの庭に来ることにしていた。

黙々と剣を振るう手のまめが潰れ痛みを感じたローデヴェイクはようやく剣を置いた。手のひらの皮がめくれ血が滲《にじ》んでいる。

「痛い……」

「そんなに無茶に剣を振るうからですよ、殿下」

「アダム」

背後から声がして振り返ると、乳兄弟のアダムが立っていた。

長い髪をリボンで一つに結んだアダムは、一見すると女の子のように可愛らしい顔をしている。貴族の子息らしい品のある仕草をするとよりいっそう可愛らしさが増してしまう。本人はそれを気にしているようで、わざと荒々しい仕草をして男らしく見えるようにしているらしい。

「ああ、もうちょっと自分の身体に気を使ってくださいよ、あなたは王太子殿下なんだから」

アダムは慣れた仕草でポケットからガーゼや包帯を取り出すと、あっという間に手当てを終わらせた。礼を言うローデヴェイクにふん、と鼻息を返すとアダムは芝生にドスンと座った。ローデヴェイクもアダムの隣に座って膝を抱えると、弱い自分を責めるように手のひらがじくじくと痛んだ。

「なにかあったんですか。珍しくご機嫌が悪いようですけど」

「……父上が僕の婚約者を決めたんだ」

「へえ！　どこのお嬢様ですか？」

「ボルスト」

ローデヴェイクがぽつりと零《こぼ》した言葉にアダムの顔が一瞬歪《ゆが》んだ。

そして「生まれたんだ……」と呟《つぶや》く。ボルスト辺境伯夫人がそろそろ臨月だと噂《うわさ》になっていたらしい。高位貴族たちはボルスト辺境伯家の動向に敏感である。夫人が生む赤子の性別と瞳の色で、国内の勢力図が変わってくるからだ。

貴族たちの動向や噂に気付くこともできなかった自分が情けなさすぎて、鼻の奥がツンとしてくる。あと四年もすれば成人するというのに。

（強くなりたい。己を貫く強さが欲しい。加護に頼らず、国を導けるように）

ここでめそめそしてもどうにもならない。自ら動いて変えていくしかない。王太子なのだから。ローデヴェイクは顔を上げてアダムの肩を摑《つか》んだ。

「アダム。お前は将来僕の補佐官になるんだよな？」

「あ、ええ、まあその予定ですが……」

「絶対に僕の味方になってくれ。頭がいいアダムが味方なら心強い！」

有無を言わせぬその強い言葉と視線に押されてアダムは首肯《しゅこう》した。絶対だぞ、と念を押しローデヴェイクは立ち上がった。もう手のひらの痛みは気にならなかった。

（今すぐには無理でも、必ずボルストの子を自由にしてあげるんだ）

ローデヴェイクはこの日、そう胸に誓いを立てたのだった。


半月後、国王の言葉通りにローデヴェイクとボルスト辺境伯の娘との婚約が発表された。

議会ではやはり権力の集中を懸念する声、神代からの慣例に囚《とら》われずともいいのではないかという意見が出たが、強硬に反対する意見は出ず、婚約は成立してしまった。

みな現国王の婚姻騒動が未だ記憶に新しく、下手に騒ぎ立てて国王の逆鱗《げきりん》に触れたくなかったのだろう。実際のところ、ボルスト辺境伯家に緑眼の娘が生まれたのも数代ぶりで、高位貴族たちが声高に叫ぶほど権力が集中しているわけではないという面もある。

また相手が赤子のためローデヴェイクの婚姻は十六年も先ではあるが、次代の子が生まれるであろう時期に合わせて、側近や婚約者となる子を作る計画が立てやすいという利点もあり彼らは口を閉じたのだ。

父が王命だとごり押しした可能性もあるが、婚約に関してボルスト辺境伯が特に反対をしなかったという点が大きい。

ローデヴェイクはせめて自分の気持ちだけでも伝えておこうと、ボルスト辺境伯に手紙を送ることにした。

誕生を祝う言葉とともに、生まれたばかりの令嬢の未来を縛るような婚約を押しつける
つもりは自分にはないことをしたため、机の引き出しから白いリボンを取り出した。
グリーデル国では、女の子が生まれたらお祝いにリボンを贈るのが習わしだ。リボンを
贈ることに少し迷いがあったが、子供が生まれたのは純粋にめでたいことなのだと思い直
したのだ。
ローデヴェイクはリボンが汚れないように、油紙《ゆし》に丁寧《ていねい》に包んで入れ、封をした。
辺境伯から特になんの音沙汰もないまま数日が過ぎた。
近衛騎士トビアに剣の稽古をつけてもらっていたある日の午後、急に辺りがざわついた
のを感じたローデヴェイクは手を休めて顔を上げる。滅多にお目にかかれない人物が気さ
くに片手をあげてこちらへ向かって歩いてくる姿があった。
「やあ、ローデヴェイク殿下。ご機嫌いかがですか」
「ボ、ボルスト辺境伯……っ」
ローデヴェイクは慌てて姿勢を正す。同じく稽古中の騎士たちも姿勢を正して辺境伯を
迎えた。
しかし本人は「ああ、いいから続けて。邪魔しに来たわけじゃないのだから」とにこや
かにしている。国王に次ぐ権力を持つ……いや、もしかしたら国王よりも、と誰もが思っ
ている辺境伯の突然の訪問に周囲は浮足立った。

今も変わらず『深緑の森』を守護する辺境伯レクス・ボルストは、ローデヴェイクだけでなく全ての騎士の憧れである。

いつもにこやかで柔和な彼だが、一分の隙も見せない様子は賞賛と尊敬を集めている。そんな辺境伯が騎士団の訓練場に現れたのだから、注目を集めるのは当然のことだった。

皆が訓練の手を止めてしまった様子に、辺境伯は首を傾げ困ったように頬《ほお》を掻《か》いた。

「本当に邪魔するつもりはなかったんだけどな。ローデヴェイク殿下、稽古中に申し訳ありませんが、もしよろしければ少しお時間をいただけますか？」

「は、はい。もちろん」

憧れの人物に誘われて断るわけがない。

稽古をつけてくれているトビアにこの場を離れる了承を得て、練習場から少し離れた木陰へ辺境伯と共に移動すると芝生に腰を下ろした。

婚約の件が正式に整うとすぐに辺境伯領へ帰還したはずだ。それがそう間を置かずに再び来城するなど、よほどの事態でもあったのだろうか。

「こんなに頻繁《ひんぱん》に王都に来られるのは珍しいですね」

そわそわしながらローデヴェイクが尋ねると、辺境伯は曖昧《あいまい》な微笑みを浮かべ懐から封筒を取り出した。それはローデヴェイクが辺境伯宛に出した手紙だった。

読んでくれていたのだ、と喜びに頬を緩ませたローデヴェイクだったが、辺境伯は難しい表情を見せる。

「殿下、不用意にこのような手紙を書くものではありませんよ」

「え……」

浮き立った気分に冷水を浴びせられたような気がして、ローデヴェイクは硬直した。

「国王陛下の決定に異を唱えるような文面はよろしくない。他の人に読まれでもしたらどうするのですか。もし殿下に叛意《はんい》ありと思われ、その共犯として私の名を挙げられでもしたら」

「そ、そんな……僕はただ」

いつもは穏やかな辺境伯の冷たく冴え渡る声が恐ろしくて、ローデヴェイクは顔を上げることができない。

「殿下に悪意があろうとなかろうと、それを悪用しようとする輩《やから》もいるということを常に想像してください。殿下の足を引っ張りたい人間がいる可能性を忘れてはなりません」

突き放すような言葉に、ローデヴェイクはがくりと項垂《うなだ》れた。

己の愚かさに声も出ない。

一生懸命考えて、辺境伯とまだ幼い娘のためにしたためた手紙だった。悪意などあるわけもなく、ましてや辺境伯を窮地に立たせるようなつもりなど毛頭なかったのだ。

だが、見方によってはそう思われる可能性があると、自分と辺境伯の立場を考えて気づかなくてはならなかったのに。

(僕は、なんてことを……)

後悔が押し寄せてきて胸が詰まる。息苦しい。そのとき肩を軽く叩かれ、罪悪感に押し潰されそうになっていたローデヴェイクは顔を上げた。辺境伯の目がローデヴェイクの目を正面から捉える。

「私が返事を書かなかった理由がおわかりいただけましたか」

「……」

ローデヴェイクは無言のまま頷くと、己の瞳に涙の膜が張り零れ落ちそうになり俯《うつむ》いた。迷惑をかけた上に、泣いて困らせるようなことは絶対にしたくない。震えそうになる肩に力を込めて抑え込む。

微かに空気が漏れるような音が聞こえ、ほんの少し顔を上げると、辺境伯が肩を小刻みに揺らして笑いをこらえていた。

「ぶっ、……っふふ……っ。本当に殿下はお可愛らしいですね……っ、ぶふっ」

「……辺境伯?」

とうとうこらえきれなくなったのか、辺境伯は腹を抱えて笑い出してしまった。かなり大きな声だったため、少し離れたところにいる騎士たちがぎょっとして振り向きこちらの様子を窺っている。

「辺境伯、僕を揶揄《からか》ったのですか？」

あまりに楽しそうに笑っているため、ローデヴェイクは深刻なお説教ももしや演技だったのではないかと疑わずにはいられない。

「ああ、すみません。無礼を謝罪いたします。揶揄ったわけではありません。あの手紙は本当に危《あや》ういものです。以後、このような手紙を書くのはおやめください」

笑いすぎて滲んだ涙をハンカチで拭《ぬぐ》うと、いつもの柔らかい口調でそう言った。

「はい、本当に申し訳ありませんでした」

ローデヴェイクが立ち上がると深々と頭を下げた。教育係が近くにいたら王族が簡単に謝罪を口にするなと叱られるだろうが、辺境伯がこうしてローデヴェイクに会いに来たのは、恐らくその危うさを直接伝えるためなのだ。

滅多に領地から出てこない辺境伯がわざわざ来てくれた理由を悟り、ローデヴェイクは未熟な自分を反省し顔を上げた。

「ああ、いいお顔になられました」

辺境伯はにこりと微笑む。

「手紙をいただいたことには驚きましたが、殿下のお気持ちは嬉しかったですよ。こんなにティルザのことを考えてくださっているなんて、感動しました。娘のためのリボンもありがとうございます」

「ティルザ、と名付けられたのですか？」

娘のことに水を向けると、さらに辺境伯はにこにこと頬を緩ませた。

「ええ、ティルザ・ボルスト。我が辺境伯家の愛し子です」

その顔が本当に幸せそうで、ローデヴェイクもつられて笑顔になってしまう。もしかしたら、こうやって関わる人々を笑顔にさせることが女王から授かったティルザの加護なのではないか、と考えていた。


それからもローデヴェイクは何度か辺境伯に時候の挨拶を綴《つづ》った手紙を出した。それに対する辺境伯からの返信もただの時候の挨拶だったけれども、たまにティルザについてさらりと触れていて、すくすく成長している様子が窺えた。

その様子を想像して微笑ましく思いつつも、ローデヴェイクはティルザと決して会わず、手紙のやりとりさえしなかった。

王家に縛り付けるような結婚から自由にしてあげるのだ、という信念は揺らぐことはなく、婚姻を結ばなくともティルザを守る騎士として強くなるのだと鍛錬《たんれん》を続けていた。

辺境伯が手紙で婚約について触れることは一切なく、彼の真意がいったいどこにあるのか、ローデヴェイクは読み取れずにいた。

細々と手紙で交流しているうちに、いつの間にか婚約が決まってから五年の月日が過ぎていた。

十七歳になったローデヴェイクは騎士団で相変わらず剣技の研鑽《けんさん》に努《つと》めていた。身体も大きくなり、その骨格を支える筋肉も増え、本職の騎士に勝るとも劣らない実力をつけていた。

身体を鍛えるだけでなく知識を深め、論理的に相手を説得する術を身につけたものの、未だ国王に緑眼の娘との結婚を思い留まらせるには至っていない。努力を怠《おこた》ってはいないが思うような結果を得られず、己の力不足を痛感する。

ローデヴェイクは不甲斐なさにため息をついて遠くの山を眺めた。

コーカルガ大陸の西の端にあるカリア山の急峻《きゅうしゅん》な稜線《りょうせん》は、人が足を踏み入れるのを拒んでいるようだ。現にあまりに険《けわ》しい山のため、山羊くらいしか住んでいない山である。

近衛騎士団はそのカリア山の麓《ふもと》を目指して移動していた。その麓とは、濃い緑が生い茂り人の出入りを制限した『聖域』……深緑の女王が統べる『深緑の森』である。

深緑の森は豊穣の女神である女王の加護を受け、豊かな土壌や水源を誇るため、隣国ラメアーノが越境して森やその周辺を荒らすことがある。

その違法行為を取り締まり、女王の森を守護しているのがボルスト辺境伯軍であった。ただの貴族であれば軍を持つなど許されないが、辺境伯だけはグリーデル王家から軍隊を所持することを特別に許されている。

すべては、あらゆる脅威から女王の森を守るためである。

それほどまでにグリーデル国は女王の森を大切にしているのだ。

故に近衛騎士団は年に一、二度程度辺境伯領で辺境伯軍との合同演習を行っている。

今回の演習にローデヴェイクも騎士のふりをして潜り込んだ。いつも近衛騎士団の鍛錬にまざっているので、王太子が演習に同行していることに驚く騎士はほとんどいない。護衛騎士のトビアは渋い顔をしているが。

ローデヴェイクは馬に揺られながら、眉間にしわを寄せ教育係の話を思い出していた。

結婚できる年齢となったローデヴェイクは、そろそろ房事を学ぶ時期だと、教育係に言われたのだ。

つい『相手はまだ幼女だぞ！』と声を荒らげたローデヴェイクだったが、相手は誰であれ房事は早く学んだほうがいい。今でも遅いくらいだと教育係は言い募る。

未経験者同士の閨事《ねやごと》など悲劇でしかない、男性がうまくリードできねば女性は安心して身を任せられないものです、とまで真顔で言われれば、不安にもなろうというものだ。

ローデヴェイクとてなにも知らないまま事に及ぶつもりはない。きちんと勉強し、手順を確認するつもりではいる。

だが辺境伯家の令嬢ティルザと婚約しているとはいえ、そもそもこのまま結婚する気はローデヴェイクにはないのだ。

かの令嬢は、今はまだ五歳であるはずだ。

しかし、ティルザとの婚約を解消ないし破棄するのであれば、そののち他の令嬢との婚約を整えることになるはずだ。

（そうだ、そうなればそのときまで未経験というのも、……どうなのだ？）

ローデヴェイクとて聖人君子なわけでも霞を食べて生きているわけでもない。健康な男子らしく朝の生理現象を処理することもある。

性行為が嫌いなわけではない。現時点でその相手となるべき正当な相手が、まだ幼い女児だという事実がローデヴェイクを躊躇わせていた。

生理現象を処理するとき、便宜的に他の女性を妄想して行うのはティルザに対しての裏切りのような気もするし、だからと言ってティルザを想像するなどもってのほかだ。

不仲な国王夫妻の間にローデヴェイクの弟や妹になる子供が生まれる気配も、国王の隠し子が名乗り出てくることもない現在、このままでいけばローデヴェイクが跡を継いで国王になる可能性が高い。

結婚しないという選択はできないし、房事を知らぬままにいることもできない。

国王となれば継嗣が必ず必要となる。努力した上でどうしても子供ができない場合はそれなりに方法があるが、可能なら実子が好ましい。

（……不義理を嫌って頑《かたく》なに拒んできたが、ティルザ嬢と婚約を解消した後のことについ

ても考えておかねばならないのだな)

房事を学ぶことが必要であるのは間違いない。

ローデヴェイクは考えを改めなければいけないと自分に言い聞かせた。

しかし気分はより重くなり、深いため息をついた。

「そういえば」

思案顔の王太子に気を使ったのか、隣に馬を並べた年の近い騎士が口を開く。

「辺境伯領に演習に行くって言ったら、実家の親が気を付けろって言ってきたんですよ」

「いい親御さんじゃないか」

微笑ましいことだ、と口角を上げる。だが騎士はそうではない、と首を横に振った。

誘拐されるな、と注意を受けたのだと声を潜める。

「なんでも辺境伯領では、時々行方不明になる者が出るのだそうです」

「行方不明?」

穏やかではない単語にローデヴェイクは眉をひそめる。国内の主要な犯罪についてはある程度網羅《もうら》していると思っていたが、その件は聞いたことがなかった。

「私たちが生まれる前のことだそうなので、殿下は聞いたことがなくて当然です。迷子になったのか、人攫《ひとさら》いにあったのか、はたまた神隠しか。まあ、どちらにしろガタイのいい騎士を誘拐しようなんて輩はいないだろって笑い飛ばしておきましたけどね!」

騎士は笑いながらそれよりも昼食が待ち遠しい、と腹を擦って周囲の笑いを誘った。

ローデヴェイクは辺境伯軍には身分を隠し、一騎士として演習に参加した。王族とわかれば、手心を加えられるかもしれないからだ。辺境伯が演習に顔を見せなかったこともあり、近衛騎士たちの協力で王太子だとばれずに日程を終えることができた。

さすが精鋭《せいえい》ぞろいと名高い辺境伯軍は手強く、演習後の近衛騎士たちは疲れ果てて、装備を外し地面に伸びていた。

ローデヴェイクも重い鎧《よろい》を脱ぎ、演習地からカリア山に視線を向けると、麓に青々と横たわる聖域『深緑の森』が目に入った。

そこに本当に女王がいるとは思わないが、人を『善く』生かすためのなにかがあるのだろう。人を寄せ付けぬ雄大な自然を見ていると、王城での煩わしさが些末なものに感じられる。

ローデヴェイクは新鮮な空気を胸いっぱいに吸い込んだ。

「……、……っ」

「……なんだ？」

不意になにやら怪《あや》しい気配がして、ローデヴェイクは辺りを見回した。ざわざわと空気が波打つようなその感覚は妙に神経を逆なでする。

「どうしました?」

　ローデヴェイクの様子に気付いた騎士が声をかけるが、不穏な気配を追っているローデヴェイクは応えない。

　早鐘を打つ心臓を服の上から摑む。背中を押される感じがした。

　行かなければ、となにかがローデヴェイクを急かす。

　虫の知らせというものだろうか、周囲の騎士に説明する時間すら惜しい。不思議な感覚に突き動かされて、ローデヴェイクは駆け出した。

　身分を隠して辺境伯軍との演習に参加したローデヴェイクの名を呼ぶわけにはいかない騎士たちは、突然の単独行動に狼狽える。だがローデヴェイクが王太子であると知っている彼らは騎士団長に指示を仰ぎ、恐らく数人で後を追ってくるだろうという推測のもと、そのまま振り返ることなく深緑の森へ向かった。

（土地勘もなく、しかも森の中に入っては危険だというのに……）

　勝手に女王の森に足を踏み入ることへのためらいがよぎる。このローデヴェイクの行動がグリーデル王家とボルスト辺境伯家の断絶の火種となることもありうるのだ。

　しかしローデヴェイクは止まらなかった。走る速度を落とすことなく、不思議な感覚に突き動かされるままに奥へ奥へと入ると怒声のようなものが響いてきた。そのすぐ後に細く甲高い悲鳴が続く。

（……っ、誰かが、襲われているのか!?）

ローデヴェイクはさらに速度をあげた。悲鳴は何度も聞こえてくる。強まっていく不思議な感覚に焦《じ》れながら、声のするほうに目を凝《こ》らすと、木々の隙間から三人の男が小さな少女を脇に抱え走っているのを見つけた。

「いやっ、はなして！　おろしてよー！」

「うるせえっ！　黙らないと殺すぞこのチビ！」

いかにも柄が悪そうな男が怒鳴《どな》りつける声は乱暴で叩きつけるような勢いがあり、ローデヴェイクですら一瞬肩がぎくりと震える。そんな声に小さい少女が耐えられるわけもなく、泣き出してしまった。

「うわーん、おとーさまー！　おかーさま――――！」

「うるせえって言ってんだろうが！　放り投げるぞ！」

誘拐だ。

そう確信したローデヴェイクは剣を抜こうと腰に手をやって舌打ちした。演習が終わって一息ついたところだったため、鎧と一緒に剣を置いてきてしまった。

鍛錬しているとはいえ、三人の大人の男を相手にして、丸腰の自分にいったいどこまでのことができるだろうか。しかも、子供を奪い返さなくてはならない。無手で戦うことは不安だった。

（まずあの子の安全を確保しないと……）

ローデヴェイクは足元に落ちていた木の枝を拾うと声を張り上げた。

「待て、そこでなにをしている！」

「……誰だっ」

急に現れたローデヴェイクを警戒して足を止めたならず者たちは、ローデヴェイクを見てあからさまに安堵の表情を浮かべた。

「なんだ、ガキが一人かよ。見逃してやるからさっさと消えな」

その舐《な》め切った態度にカチンときたが、ローデヴェイクは冷静であろうと努めてゆっくりと言葉を紡いだ。

「それはこちらのセリフだ。見たところ誘拐犯のようだが、調べが甘いな」

「なにぃ!?」

「すぐ近くで辺境伯軍と近衛騎士団が演習をしているのを知らないのか？　すぐに応援が来る。悪いことは言わないから、その子を放せ」

辺境伯軍と聞いてならず者が語気を荒げ、いきり立った。殺気がローデヴェイクに突き刺さる。

「馬鹿が。その応援とやらが来る前にお前を始末すれば済む話だ。痛い目に遭いたくなければ動くんじゃねえ！」

ならず者のうちの一人が腰のベルトに挟んでいた大きな刃のナイフを抜いた。喧嘩《けんか》慣れしているのか、男は躊躇なくローデヴェイクに向かってくる。

「きゃああ！　あぶない！」

少女が悲鳴を上げる。恐らくローデヴェイクのことを心配しているのだろう。だが、ローデヴェイクとて騎士団に所属する身、刃物を必要以上に恐れることはない。

手にした木の枝で男の手を打ち、ナイフを弾くと体勢を崩した男の足を払い、その背を思い切り蹴《け》った。

「ぐっ！」

仲間が地面に転がったのを見て頭に血を上らせたもう一人が、同じようなナイフを振り上げて向かってくる。ローデヴェイクが振り下ろした枝を紙一重で避けると、ならず者は鋭い刃先を顔めがけて突き出してきた。

「……っ」

僅かに刃が頬を掠めた。

ほんの少しの違和感のあとに、たらり、と血が垂れた。

「ひひっ、お綺麗な顔が傷だらけになる前に逃げればいいのによォ」

「……」

ローデヴェイクに傷を負わせたのがよほど嬉しかったのか、男は耳障りな引き笑いをするとさらにナイフを繰り出してくる——ローデヴェイクがわざと頬を切らせたことに気付かずに。

勝てると思ったのか、不用意に間合いに飛び込んできた男の腹に膝を叩きこむと、あっけなく沈んだ。ローデヴェイクは少女を抱えた男に向き直る。

「その子を離せ」

「ふん、偉そうに。俺のナイフの錆になりたいようだな」

ナイフを仕込んであるのだろうか、男は背中に腕を回す。ローデヴェイクはナイフの間合いの外から男の出方を窺おうとして、急に顔に熱さを感じてよろめいた。

「……く、……っ」

目の前で火花が散ったような感覚だった。額《ひたい》が痺《しび》れ、すぐに痛みと共に左目の視界が赤く染まった。男の傍でぴしりと空気の破裂音がして、ローデヴェイクはその痛みをもたらした正体を知った。

「……鞭《むち》か」

男はよほど鞭の扱いに慣れているようだ。

額への一撃は恐らくローデヴェイクへの牽制を兼ねていたのだろう。その気になれば目を潰すこともできたに違いない。ローデヴェイクは奥歯を強く噛みしめた。

「へへへ、ナイフだと思って油断したな？　ガキがイキがるから痛い目に遭うのさ」

ローデヴェイクは舌打ちをした。男の言う通り、油断した自分が情けなかった。前の男が二人ともナイフだったからといって、この男までナイフだとは限らなかったのに。

恐らくナイフの錆に、という言葉もローデヴェイクをナイフの間合いだと思い込ませるためだったのだ。

（二人を簡単に倒せたから油断した……こんな手に騙されて……くそっ）

「う、ううえ……っお、おにいちゃん、だいじょうぶ……っ？」

少女が抱えられながらもローデヴェイクを心配して声をかけてきた。恐ろしい思いをしているだろうに、こんな状況で他人の心配までするとは心優しい子供だと感心する。見ればまだ四歳か五歳くらいだと思われるその小さな身体は細かく震えていた。ローデヴェイクは安心させるように微笑む。

「大丈夫だ、すぐ助けるからもう少し我慢してくれ」

「う、うんっ！」

正直、血が目に入ったせいでよく見えないが、それでも少女が微笑んだのがわかり、ローデヴェイクは口角を上げる。

「その生意気な減らず口を叩けねえようにしてやる！」

男が腕を大きく振りあげ、先ほどよりも威力のある一撃を食らわそうと鞭を振るう。

ローデヴェイクは横に転がってそれを避け、同時に落ちていた石を拾うと男めがけて投げつけた。それは男の顔に命中し、痛みと驚きから抱えていた少女を放り投げた。

「ぐあ！」

「きゃあ！」

ローデヴェイクは放り投げられた少女を助けようと走り寄り、両手で抱きとめた。安全な間合いの確保のために額を押さえて悶絶《もんぜつ》している男の腹を思いっきり蹴り飛ばす。

「大丈夫か」

少女を背に庇《かば》い半身の姿勢になる。

左側が見えないため死角を減らす苦肉の策だ。

「う、うん！　でもおにいちゃん、血が……っうえええ……っ」

少女は泣いてはいるものの、目立った傷はなさそうなことに安心する。

ほっとしたのも束の間、男が獣《けもの》のような唸《うな》り声をあげて立ち上がる。怒りに身体が震えているのがわかり、ローデヴェイクはつばを飲み込んだ。

先に昏倒《こんとう》させた男たちがいつ起き上がってくるかしれないこの状況が恐ろしかった。視界が万全ではなく、しかも無手で、少女を庇いながら男三人を相手にできるか自信がなかったからだ。

（せめて剣を持っていれば……）

重ね重ね己の準備の悪さに腹が立つ。しかし逃げるわけにはいかない。背中に縋る少女

をあんな乱暴な奴らに渡すわけにはいかない。

「この、クソガキ共があ……っ、ぶっ殺してやる！」

鞭の男が獣のような咆哮《ほうこう》を上げた。ローデヴェイクは頼りない木の枝を握る腕に力を込めた。

「ロー……っむぐ！　大丈夫か！」

そこに飛び込んできたのはローデヴェイクを追ってきた騎士仲間だった。彼らはきちんと腰に剣を佩いており、すぐに状況を把握し男たちに剣を向けた。

「……ちっ」

鞭の男は瞬時に状況を不利だと判断したのか、舌打ちすると未だ起き上がらない仲間を見捨てて逃げ去った。それを騎士の一人が追いかけていった。

顔の半分を血に染めたローデヴェイクを見たもうひとりの騎士は大慌てで応急処置を始める。森の中を先導してきたらしい辺境伯軍の兵士が、少女に近づきなにやら話しかけてすぐに抱き上げる。

「すまないが、俺はこの子の保護を優先させてもらう」

有無を言わせない兵士の態度に、ローデヴェイクが王太子だと知っている近衛騎士が憤《ふん》慨《がい》する。

「お前、このおか……」

「ああ、そうしてくれ。怪我《けが》をしていたら治療してあげてほしい」

それを遮るようにローデヴェイクは兵士に同意を示し、自分のために怒ってくれた騎士に詫びる。

「迷惑をかけてすまない。傷は大したことないんだ。ただ派手に血が出ただけで」

「ロー……、うう、いえ。出過ぎたことを」

騎士はローデヴェイクの気持ちを汲み、兵士への腹立たしさを飲み込み傷の手当てに専念した。森の中では手当てとはいってもなにもなく、血を拭き清潔なハンカチで傷を保護して、シャツを裂いて包帯代わりに頭に巻き付け固定した。

やたらと大仰になってしまったため、休憩地に戻ると大騒ぎになってしまった。

捕まえたナイフの男二人は金で雇われただけのごろつきだった。鞭の男は地の利があったのか逃げられてしまったと騎士が悔しがっていた。

予定されていた合同演習期間が終了していることもあり、以降は辺境伯軍が捜索を引き継ぐこととなった。

この件に関して辺境伯軍が近衛騎士団やローデヴェイクを関わらせたくないように感じた。ローデヴェイクは帰還の前に少女を保護した兵士にその後について尋ねると、なぜか目を眇めて妙な顔をしたあと、小さく咳払いをした。

「あの子はきちんと治療して親元に届けた」

「そうか、よかった」

「……あの子の顔を見たか？」

「いや。血のせいで視界が悪くて、黒髪だったということくらいしか……それがどうかしたのか？　まさか顔に怪我でも？」

兵士は心配するローデヴェイクに怪我をしたのは足だと訂正してから、そうか、と一拍置くと額を指さした。

「その額の怪我、早く治るといいな」

「あぁ、ありがとう」

ローデヴェイクは兵士とのやりとりに少し引っかかりを感じたが、少女が自分のように顔に怪我をしていないと知り安堵の息をもらした。

王都への帰路に就く馬上で、ローデヴェイクは辺境伯軍との合同演習と誘拐未遂事件を振り返る。

未熟さ、考えの甘さ、備えのなさ。

思い返すと情けなくて悶絶しそうになる。

せめて帯剣していればもっと早く少女を助けることができ、足に怪我をさせることもなかっただろう。

王都に戻ってからのローデヴェイクは剣技だけでなく、無手での戦い方や要救助者がいる状況での戦い方、暗器の使い方など、正規の騎士はもちろんのこと王太子には必要ないと思われることまで貪欲に学んだ。そうやって己を鍛え続けたローデヴェイクは王太子として執務が増えても、騎士として籍を置き続けた。

そして時は流れ、王太子ローデヴェイクは二十八歳になった。

2・舞踏会

舞踏会が近づくにつれ王太子が日に日に暗さを増していく様子に、城内の人々は『辺境伯令嬢との婚約のお披露目が不満なのだ』と噂した。

王太子と辺境伯令嬢は一度も顔合わせをせずに、婚約のお披露目の場である舞踏会の日を迎えることになった。

舞踏会までに一度は顔合わせを、と王城から何度か辺境伯へ打診をしていたが、なぜかやんわりと断られ続け、とうとう当日になってしまったのだ。

王城の一番大きなホールで舞踏会は行われる。主だった王侯貴族はすでに集まっていることだろう。公の場に一度も姿を見せたことがない辺境伯令嬢のお披露目に興味津々になっているに違いない。辺境伯領から一歩も出たことがない故にその為人《ひととなり》は謎に包まれ、容姿も全く不明である。

わかっているのは緑の瞳だということくらいだろうか。

ローデヴェイクは王城の回廊に飾られている、歴代国王と王妃の肖像画で『女王に愛された娘』の証である緑眼を見たことがある。

通常の絵具では美しい緑眼を再現することができず、宮廷画家は宝石を砕《くだ》いて細かな粉にしたものを絵具に混ぜることで、きらきらしく生気溢れる瞳を表現したという。

美しい瞳を宝石のようだと例えるのを地で行ったわけだ。

宮廷画家が宝石を砕いて表現しようと思うほど美しい瞳を持つ深窓の令嬢に会うことが楽しみでないと言えば嘘《うそ》になる。しかも、ローデヴェイクにとって憧れてやまない英雄である辺境伯レクス・ボルストの娘なのだ。

「殿下、舞踏会でそんな怖い顔をされたら婚約者殿も泣いてしまいます」

乳兄弟であり現在は王太子補佐官であるアダムの言葉に、己が無意識に険しい表情をしていたことに気付いたローデヴェイクは大きく息を吐いて眉間を揉《も》み解《ほぐ》した。

「……怖がらせるつもりは毛頭ないのだがな。これは状況を打破できず今日という日を迎えざるを得なかった、己の不甲斐なさに対する遺憾の意だ」

王太子としての執務も熟《こな》しながら、騎士としても己を鍛え上げ、力をつけたという自負がある。大人になった今、父である国王の冷たい視線に怯《ひる》むことはない。

あれから何度となく辺境伯令嬢との婚約を白紙ないしは解消しようと働きかけたが、その都度却下された。

ローデヴェイクは辺境伯の真意が未だにわからないし、令嬢がこの婚約をどう感じているのかもわからないが、王家からの申し入れを家臣である辺境伯家が断ることは難しいだろう。

(万が一にも令嬢がこの婚約を望んでいるのなら……)

ローデヴェイクは容姿も悪くなく、騎士としても申し分のない実力がある上に個人資産も唸るほど持っている。結婚相手として悪くはない。

もし、令嬢が婚約、そして結婚を望むのであればなに不自由なく暮らせるよう計らうつもりでいる。政略結婚をしたからといって、愛人を持つつもりはもちろんない。

婚約の白紙化を働きかけるたびに、緑眼を持つ『女王に愛された娘』を娶るのは王族の使命だと諫められ続けてきた。

ローデヴェイクもグリーデル国の王族のひとりとして、深緑の女王に対する畏敬の念を持っている。

だが『女王に愛された娘』を娶ることで得られるといわれる加護に頼り縋るのではなく、自らの力で国を導き繁栄させることが王族の役目であるというローデヴェイクの考えは少年のころから変わることはない。

婚約が盤石《ばんじゃく》なものだと周囲に思われないように辺境伯令嬢とは決して会わなかったし、

手紙も送らなかった。令嬢からも会いたいという要望はなかったし、手紙がくることもなかったことを考えれば、ローデヴェイクとの婚約を望んでいるとは思い難い。お披露目の日を迎える前に婚約を白紙にしたかったが、それは結局成すことができなかった。

（もはやこの場を利用するしかないか……）

できれば避けたかった最悪の方法だが、お披露目を兼ねた舞踏会という人目のある場で婚約破棄を宣言するほかない。

なんの罪もない辺境伯令嬢に婚約破棄という不名誉を与えることになるのは心苦しくてならないが。

「殿下」

眉間を解しても変わらぬしかめっ面のローデヴェイクに、アダムはやれやれという顔を向ける。それでも主の考えを知っているからこそ、その背を押した。

「どうせやるなら派手にぶちかましてください。辺境伯令嬢のケアはお任せを。既にいい婿候補を何人かリストアップしてあります」

「うむ、頼んだ」

いつも口ではきついことを言いながらも、付き合ってくれるアダムを心強く思う。

「そろそろ参りましょう」

「ああ、わかった」

アダムに促され、ローデヴェイクはホールへと向かい、ホールの扉を開けるように合図した。顎《あご》を引いてホールに集まった人々を見渡す。いつものように頭を下げた人の波が割れ、その間をローデヴェイクは歩く。

（なんだ、なにかあったのか？）

いつもなら王族の入場時はもっと静謐《せいひつ》な空気が満ちているはずなのに、今日はどうしてかざわついていた。式典や舞踏会は年に何回も催されており、特段変わったことでもないはずである。

ローデヴェイクは視線を前方に向けた瞬間、ざわつきの原因がなにか理解した。

「……っ」

思わず声が出そうになったローデヴェイクは慌てて唇を引き結んだ。

豊かで艶やかな黒髪、凛と伸びた背中、華奢《きゃしゃ》な肩から腕にかけてのライン。

顔は見えずとも佇《たたず》まいが既に美しい。

（あれが辺境伯令嬢ティルザ・ボルスト？）

心の中でつぶやいた声に反応したようにタイミングよく、その人物が振り向いた。さらりと長い黒髪が空気になびく。

ローデヴェイクはすぐにその大きな瞳に心を捕らえられた。

一言で緑、と表現していいのかわからないほど複雑な色彩を持つそれは、命の煌めきをこれでもかと詰め込んだようだった。

回廊の絵画で見た緑眼よりも、王家の宝物庫にあるどんな宝石よりも美しかった。

美しいのは瞳だけではない。優しげなカーブを描く眉に、緑眼に濃い影を落とすほど長いまつ毛。いやみなくすっと通った鼻筋、その下の桃色の唇はぽってりとまるで口付けを待っているように薄く開かれていた。

（なんと……美しい）

すべての語彙《ごい》が彼女の前に蒸発した。

どんな言葉も彼女の美しさと存在感を表現するには足りなかった。

（あの美しい女性が、ティルザ・ボルスト。あぁ、心の中でくすぶっていた澱《おり》のようなものが一気に幸せに変わったような気分だ……！）

ローデヴェイクは歓喜する。身体もわずかに浮き上がるようなふわふわした感覚だったが、ティルザが緑眼を見開き耐え切れぬように顔を伏せたのを見て我に返った。

（いかん、あまりの美しさに呆けてしまった……）

年若く美しい女性は、王太子というには体格のいいローデヴェイクを見て怯えたに違いない。やはり彼女はこの婚約に乗り気ではないのだろう。

生まれて初めて女性にこんなに心を動かされたというのに、ものの数秒で怯えられてしまったローデヴェイクは努めて平静を装ったが、それでも気を抜くと眉が下がってしまいそうだったため、意識して顔面に力を入れた。

（ティルザ嬢も可哀そうなことだ。こんなに年上の男の婚約者にと、遠路はるばる連れてこられて。安心するといい、すぐに解放してあげよう）

ローデヴェイクの心は決まった。

この哀れな美少女を解き放つためならばどんな労力も厭わない。

ただ淡々と己のすべきことをするのみ。ローデヴェイクはこれからすべきことの流れを脳内で確認していた。

＊＊＊

とんでもないことだわ。

ティルザは憤慨していた。

幼い頃から絶対に一人で敷地の外に出てはいけないと厳しく言われていたが、辺境伯家が所有している土地は広大で、お供に警備兵と侍女を連れていれば山へも森へも行けるため特に不満を感じたことはない。

このまま暮らして辺境伯領に骨をうずめるのだとぼんやり思っていた。

そんなティルザに婚約者がいると辺境伯が話したのはつい先日のことだ。それを聞いた瞬間ティルザは驚き、顎が外れるほど口を開いた。

美しい顔の輪郭があり得ないほどに崩れたが、いつものことなので父も母も侍女も驚かなかった。

「お、お父様……冗談ですよね？」

「いや、冗談ではないよ」

にこやかにカップを傾ける辺境伯の姿は優雅そのもので、その落ち着きっぷりにティルザは余計に腹が立って椅子から立ち上がった。

「わたしに想う人がいることを知っていながら……どうしてそんな大事なことを内緒にしていたのですか!?」

声を張り上げたティルザに、辺境伯はあくまでも冷静に言葉を返す。

「内緒にしていたとは心外だな。君だって緑眼のボルストの娘が誰の妻になるかなんて、知っているはずだろう？」

そのためにあらゆる教育をしてきたのだから、と辺境伯は涼しい顔だ。

ティルザとてそれは知っている。

誰もが知るおとぎ話『深緑の森の女王と三兄弟』は神話をもとに作られている。

脚色はされているが、作り話ではないことは、ボルスト家に生まれたティルザが身をもって知っている。

自分が深緑の女王に愛された娘の証として緑眼を持って生まれたこと。

他の緑眼の娘がどういう人生を送ってきたのか。

もちろん知っている。

しかし。

「今まで王家に嫁入りさせるなんて、ひとっことも言ってなかったじゃないですか！」

バン！　とテーブルを叩くとティーセットが不快な音を立てた。

「あらあら」

母親である辺境伯夫人がにこやかな顔のまま、お茶を零されてはかなわない、というようにさっとティーカップを持ち上げた。

しかしそれでも辺境伯は動じない。

やれやれと言いたげな顔でカップをソーサーに戻すとテーブルに静かに置いた。

「王家に嫁入りさせないと言った覚えもないが」

いつもはこんな意地の悪い言い方をしない父親が、今日に限ってどうしたのか。確かにボルストの緑眼の娘は代々王家に嫁《とつ》いできた。それはティルザも歴史を学んだので承知している。しかし領地どころか敷地内からもほとんど出たことのないティルザは、自分が領地を出て嫁ぐとは考えていなかった。

淑女教育には花嫁教育も含まれていたが、やる気の起きないティルザに『初恋の君に恥ずかしくない淑女になるために必要』と大人が便宜的に使っていた文言を『初恋の君と領内で幸せに暮らすため』と捉えていた。

ティルザの未来予想図では父と母とティルザと初恋の君が仲良く暮らす絵図がもう何年も前から固定されていたのだ。

ティルザは唇を噛む。摑みどころがなくとも妻と娘を愛していると言って憚《はばか》らない父はどこへ行ってしまったのか。

ティルザの怒りは徐々に熱を帯びていく。

「わっ、わたしには想う人が……っ」

「どこの誰ともわからない初恋の君のことかな？」

父の冷たい正論に言葉に詰まった。

そうなのだ。ティルザは想い人のことをなにも知らない。

ティルザはもう十一年も初恋をこじらせている。

言い返せない娘を見て、辺境伯はふう、と軽いため息をつく。

「初恋の君のことは承知している。それが誰かわかって、君がどうしてもというなら考えるつもりだったから、敢えて王族に嫁がせるとは明言しなかった」

辺境伯は足を組み替えて正面からティルザを見る。

「だが未だに初恋の君が誰かすらわからず、一方的な恋心を募らせているだけでは物事は前進しない。それに王太子殿下は十六年前から君のことを見守ってくださっているのだから、それなりの誠意をお見せしないと」

ティルザはなにも言い返せずに唇を尖らせ頬を膨らませた。自分は今初めて知った婚約だが、王太子が十六年も待っているのは事実なのだ。

「でも……わたし王太子様となんて会ったこともないし、お手紙すら」

ティルザは知らなかったとはいえ、相手方は承知していることだろう。ならば会いに来るとかお城に呼ぶとか、最低でも手紙を寄越すとか何かしらできたはず……。

ティルザは王太子の不義理をあげつらう。

「君がなぜ領地内から出られないかは君がよく知っているはずだ。手紙は……訳あって私が禁止した。ああ、でも」

そこで辺境伯が不意に言葉を切った。天井を見上げ小さく唸ると眉間にしわを寄せて、ああ、あれと言葉を続ける。

「君が小さいときから大事にしているクマのぬいぐるみの」

辺境伯が急に話題を変えた。顎に手を当てて唸る。しきりに首を捻《ひね》りながら言葉を探しているようだ。

「ヘンリーがどうかしたの？」

「ああそう、ヘンリー。君の大事なヘンリーの首に巻いてある白いリボンね。あれ、王太子殿下からのプレゼントだから」

「えっ？」

ティルザは驚いて声を上げた。

まさか王太子からの贈り物だとは夢にも思わなかったのだ。

「そんな、それならもっと早く教えてくれても」

顔も知らない王太子がほんの少し身近に感じられて、ティルザは怯んだ。いい人だったら困る、と思ったのだ。

「あなたがくれたリボンは、娘が美味《おい》しくしゃぶっていますと言えばよかったかな？」

「それは赤ちゃんの頃の話でしょ！」

顔を真っ赤にしたティルザは照れ隠しに椅子に座りなおしすっかり冷めたお茶を啜《すす》る。冷めて増した苦みがティルザに冷静さを呼び戻した。落ち着いた娘の様子を見て、辺境伯は逆に席を立つ。

「出発は二週間後。準備は抜かりなく。婚約について、私は無理を通す気はないから。よく考えなさい……私たちが君をどう思っているかも含めてね」

含んだ言い方をして立ち去る父親の背中を見送りながら、ティルザは頬を膨らませた。

父の言いたいことはよくわからないことが多い。

「ティルザ、お父様はなにも意地悪するために言っているわけじゃないのよ。それはわかってね」

母がティルザの隣に座ってまっすぐな黒髪を撫《な》でる。その心地よさに瞼《まぶた》を閉じて、ティルザは母にもたれかかった。

「うん、それはわかってるけど……でも、いつもと違うから不安……」

父から愛されていることを疑ったことはない。

故にティルザは緑眼の娘でありながら、自分は初恋を貫くことができるのだと思っていたのだ。

なにしろティルザは幼い頃から初恋の君と結婚して子供を三人作るのだ、と公言していたのだ。父も母もそうかそうかと笑ってくれていたし、否定されたことなど一度もない。

だから自分の願いは叶えられると信じていた。

「……そもそも王太子殿下って、何歳なの？」

ティルザの呟きに母が答える。

「御年二十八歳でいらっしゃるわ」

「にじゅうはち……」

ティルザは自分との年の差を考え額に手を当てる。

政略結婚ならば年の差は考慮されないことが多いのは承知しているが、己の身にそんなことが降りかかってくるとは思ってもみなかった。

（そう、思ってもみなかったわ）

ティルザは幼い頃に犯罪に巻き込まれ危険な思いをした。なんとか事なきを得たが、ほんの少しでもボタンのかけ違いがあればここにいなかったかもしれないのだ。

それから辺境伯は警備を強化して、ティルザが一人で外に出ることを厳しく禁じた。過保護だと思うほどにティルザの行動を制約したのだ。

しかしそれを不自由だと思わないほどにティルザは皆に愛されて育った。望んだ未来が訪れることを疑っていなかったのだ。

（そうじゃなかった……まるで小さい子供ね。領内の世界しか知らない子供。でも、よく考えたらそうよね）

外の世界に飛び出そうとすれば、おのずと他者とのかかわりが増えてくる。事情も変化する。この国で影響力のある辺境伯家に生まれたならなおのこと。

ティルザは自分が浮世離れした考えをもった箱入り娘だと改めて自覚し、軌道修正をしなければと考えた。

幸せは迎えに来てくれない。自分の思い通りに世界は動いてくれない。のんびりかまえていてはいけないのだ。

ならばこちらから出向くまで……！

ティルザは直近の人生の目標を、初恋の君を探し出して結婚してほしいとプロポーズすることと定めた。ティルザは拳を高く突き上げた。

「よし、わたしやります！　まずは王太子様と婚約破棄します！」

「あら、破棄してしまうのね。でも、あなたがそう決めたのなら反対しないわ。頑張りなさい」

母は微笑みながら応援してくれた。


そうして二週間後。

王都に向かう馬車に揺られながら、ティルザは腕を組んで考えていた。

実は幼い頃から初恋の君に会いたくて彼の人を探したことがあるのだが、未だに手がかりがないのだ。

辺境伯軍の兵士の話によると、ティルザの初恋の君はグリーデル国の騎士であるとのことだ。しかし詳細を知る兵士はいなかった。所属していると思われる騎士団に照会を試みたが『ロー』という名の騎士はいないとの回答が返ってきた。

ティルザは食い下がって特徴を伝えたのだが、有力な情報は得られなかった。

（あとは心当たりをしらみつぶしに探すしか……でも、もしもあの人が、もう……）

ティルザは考え込む。自分は結婚したいと強く願っているが、相手もそう思ってくれているかはわからないのだ。当時ティルザは五歳。誰がどう見ても子供だった。

更に考えないようにしていたが、彼が未だに独り身であるとは限らない。十一年前に一人前の騎士であったことを考えると三十路以上であるかもしれない。既に可愛い奥さんと子供に囲まれて幸せに暮らしている可能性だってある。

いや、年齢的にもその可能性のほうが高い。

ティルザは唇を噛んだ。

なにしろ幼いティルザが一目で惚れるほどに彼《か》の騎士は強くて格好良かったのだ。

他の女性が彼の魅力に気付かないわけがない。

彼が他の女性と仲良くしている姿を見たくないが、彼が幸せならば耐えよう。

あのときはありがとうと笑顔でお礼を言うのだ……残念だが、夢にまで見た彼との間の三人の子供は諦める。

でも、とティルザの瞳は徐々に潤《うる》みを帯びてきた。

ずっと想い続けた初恋の人なのだ。好きな人に自分が選ばれないことは悲しい。そう簡単には思い切れない。

泣かないようにと目を見開いて耐えていたがとうとう涙が一粒ドレスに落ちた。

パタリ、と微かな音は馬車の車輪の音が騒がしいなかでもなぜか聞こえてしまった。

まだ起きてもいないことに動揺して、泣いている姿を誰にも知られたくなくて慌てたティルザの顔に大判のハンカチが宛がわれた。

「ティルザ様、いくらお腹が空いたからといっても、よだれを垂らすなんてどうかしてます」

隣に座った侍女のシルケが目を細めている。手にしたバッグから小振りな瓶を取り出すと飴玉を一粒摘まんで寄越した。

「もうすぐ休憩ですから、それまでこれで我慢してください。あ、辺境伯様も舐めますか？」

首を傾げたシルケに辺境伯は手のひらを見せて「結構だ」と辞退する。シルケは小さく頷いて再び瓶をバッグに戻すと目を閉じた。

ティルザはハンカチでこっそり涙を拭うと、受け取った飴玉を口に放り込んだ。口の中で転がすと優しい甘みが広がって気分が持ち直した。

（そうだわ。落ち込むのはあの人を見付けてからにしよう！　まずは目の前の問題からさっさと片付けてしまわなければ）

ティルザは出発前に父親である辺境伯に王太子殿下との婚約を破棄したい、初恋のあの人を探すことを許してほしいと申し出ていた。

辺境伯はそれが君の考えた答えなら、とため息とともに許してくれた。

王都へ行かないという選択肢もあったが、ティルザは自分から破棄するにしても直接詫びるのが筋だと同行を決めた。

それに、領地から出るのは生まれて初めてなのだ。

王都でやろうとしていることを思えば重苦しい気分になるが、馬車の窓から見える景色がいつもと違っていて心が浮き立つのを抑えられない。

「お母様も来たらよかったのに」

「……婚約するならともかく、破棄するのに家族揃って行くのもどうかと思わないか？」

辺境伯に旅行気分を見破られ、ティルザは口を噤《つぐ》んで小さくなった。

初めての旅が楽しくて目的を忘れかけたことを恥ずかしく思っていると、父が呟くように言う。

「……まあ、家族旅行ならこれからいくらでもできるのだから」

その声音はほんの少し照れを含んでいるように聞こえ、ティルザの気持ちはあたたかくなるのだった。

＊＊＊

王都に向かう馬車の中でそんな呑気なやりとりをしていたのが、まるで遠い昔のように感じる。ティルザはまずいことになった、と反省して小さくなっていた。

なにしろ王太子へのあの問題発言のあとののどよめきは、まるで空気そのものがうねってホールの人々を飲み込むような勢いを持っていた。

目の前の王太子は驚きで言葉を失い、隣にいた父親もさすがに顔色を悪くした。ただ、壁際に控えていた侍女のシルケだけが腹を抱えて笑っていた。

「も、申し訳ありません殿下。娘はちょっと具合が悪いようです。退出させてもよろしいでしょうか」

「あ、あぁ。かまわない。すぐに部屋を準備させよう。アダム」

王太子が側に控えていた男性に声をかけると、彼はぎこちない動きで辺境伯とティルザを控えの間に案内してくれた。

控えの間と言ってもさすが王城である。贅《ぜい》を尽くした豪奢《ごうしゃ》な作りにティルザが「素敵なお部屋！」とはしゃいだ瞬間、辺境伯がティルザの手を摑んだ。

「君ねえ……いったいあれはどういうことだ？」

珍しく苛ついたように早口でまくし立てる辺境伯を見て、ティルザは自分が犯した失態を思い返した。

「すみません、つい口をついて出てしまいました……」

「ついじゃないよ！　なんだよ『すぐにまぐわい、子作りしましょう』って！　淑女の振る舞いはどこへ行った！」

声を荒らげる父に、ティルザは困ったことになったと眉を顰《ひそ》め白状する。

「あれは初恋の君に逢えたら言おうとしていた口説き文句です。いつでも言えるように練習していたので、初恋の君を目の前にしたら動揺のあまり咄嗟に出てしまいました」

相手が年上なら、子供は早く作るに越したことはない。

辺境伯邸で働く女性たちが若い娘の恋愛相談にそのようにアドバイスしていたのを、ティルザは聞いていた。若い娘は年上の男性にどうしても振り向いてほしいのだ、ということだった。

「とりあえず子を作れ。話はそれからだ！」

「そうそう、押して押して、押しまくるのよ！」

「わ、わかりました！」

乱暴なアドバイスに思えたが、その若い娘は奇跡的にうまくいったようで、嬉々としてそれをベテラン勢に報告して祝福を受けていた。

（そうか、年上とうまくいくには子供を作るといいのね……）

間違った仮定をどう発展させても、それは間違いでしかないと今ならわかる。

しかしそれに気付かなかったティルザは、侍女のシルケと共にどんな言葉が男性を喜ばせるのかを調べた。なるべくインパクトがあって、誤解を招かない言葉をふるいにかけ、彼女たちなりに精査した。

その結果が例の「すぐにまぐわい、子作りしましょう」という言葉だったのである。

そんな練習をしていたのか、と額に手を当てたが、辺境伯は大事なことを聞き逃さなかった。すぐに気持ちを立て直してティルザと向き合う。

「もしかして、王太子殿下が初恋の君なのか?」

片眉を吊り上げた顔はいつになく厳しい。

しかし誤魔化《ごまか》す気などないティルザは首肯した。

「はい。見た瞬間にわかりました。あの方がわたしの初恋の君です。ここに傷もありました」

ここに、と言ってティルザは左の眉の上を指し示した。言ってからティルザは自分の言葉に納得した。

(そうよ、だからあんなにドキドキしたのだわ)

王太子を思い出すだけでドキドキと脈打つ鼓動がそれを肯定しているようで、ティルザは胸を押さえた。

「……あのときの演習に殿下が参加していたなんて、私は聞いていないが」

「それはわかりませんが、でも間違いないです!」

妙な確信があってティルザは胸を張る。辺境伯は頭痛がするのか額を押さえると大きく息を吐いて扉を開けた。

廊下に控えていた護衛騎士に何事か囁くと扉を閉めた。

「裏を取るから、君はちょっとここで大人しくしていなさい。間違っても、部屋を、抜け出したり、しない、ように！」

強調するように言葉を区切りながら辺境伯は、人差し指をティルザの額にぐりぐりと押し付けた。

「いたい、お父様痛いです！　わかりました！　大人しく待っています」

そう約束した娘を完全には信じていないように目を眇めると、辺境伯は控えの間を出て行った。

「……やっぱり失言だったのよねえ……」

ソファに背を預けて項垂れると、ティルザは不安げに眉を寄せた。普段あんなに声を荒らげることのない父親に、本当は少し驚いていたのだ。

「ここ最近で一番面白かったですよ」

シルケが水差しからグラスに水を注いでくれた。礼を言ってそれを受け取ると一気に飲み干した。緊張で喉が渇いていたティルザは一息ついて、慰めてくれたシルケに微笑む。

シルケは『特別』である。ティルザにも、辺境伯にすらも阿《おもね》ることがない存在だ。ティルザの言動を面白がり、時に知恵を与えてくれる。

「シルケと考えたあの言葉、場所は適切ではなかったかもしれないけれど王太子殿下は喜んでくれたかしら」

ホール内を震撼させたあの言葉を思い出して、ティルザはほんの少し頬を染めた。

いつか初恋の君に出会ったら、言おう。

多少の問題はあったが、練習した成果が十二分に発揮できた。むしろインパクトは計り知れない。確実に王太子の心に残っただろうと思われる。

それだけでもティルザは満足していた。

(でも知らなかったとはいえ、まさか初恋の君が王太子殿下で婚約者だったなんて)

知っていたらもっと早くに会いに来て親交を深めたのに。

随分と長い時を無駄にしてしまったと唇を尖らせたティルザだったが、その心を読んだようにシルケが口を開いた。

「いま、このときだからこそ歯車が噛み合ったということよ」

シルケが口角をニイッと上げて笑顔を作った。

しばらくして戻ってきた辺境伯は、ソファに深く腰かけ大きく息を吐いた。十一年前の演習の記録を確認し、更に辺境伯領から警備のために連れてきた兵士の中に演習に参加した者が偶然いたことから王太子の面通しをしたのだという。

「それで？　どうだったのですか？」

我慢できず身を乗り出して尋ねるティルザの首根っこを後ろからシルケが引くのを見て辺境伯が咳払いをした。

「確かに記録では十一年前の演習に王太子殿下が参加していたことになっている。典医に確認したところ額の傷はそのときにできたものだと」

辺境伯が言うところの『裏』が取れてティルザは歓喜した。

「やっぱり王太子様はわたしの初恋の君に間違いなかったのですね！」

このまま王太子のところへ飛んでいきそうな勢いのティルザに、辺境伯が釘を刺した。

「ティルザ。私は君によく考えるように言ったと思うのだが」

父親の声音にティルザは背筋を伸ばした。真面目な話をするときの父親を茶化すことはできない。細く息を吐いて呼吸を整える。

「はい」

「私は君がもし婚約を破棄するつもりなら、グリーデル国から独立することも考えていた」

「！」

思いもよらない父親の言葉にティルザは耳を疑った。

だが、よく考えればわかることだ。

臣下でありながら王家から打診された婚約を一方的に破棄するなど、到底許されるものではないだろう。王家としては顔に泥を塗られたと憤慨し、何某かのペナルティを科してもおかしくない。その可能性があることをうっすらと考えてはいたが、穏便に破棄できれば大丈夫だと安易に考えていた自分を恥じた。

グリーデル王家とボルスト辺境伯家は微妙な関係にある。

古の盟約により、女王と深緑の森を守護してきたボルストは豊かな穀倉地帯を擁《よう》し、枯れることのない水源を持ち、災害に対する備えも十分にある。森や国境を守るための兵力も有している。

むしろグリーデル国に属していることで損をしている部分すらある。

領土で比較するともちろん象とネズミではあるが、人口当たりの豊かさを比較した場合、どちらに軍配が上がるかは火を見るよりも明らかである。

そんなボルストが独立しないのは、偏《ひとえ》に生真面目《きまじめ》さからであった。

神代に結んだ兄弟の契《ちぎ》り、女王と森を頼む、とグリーデルから託された約束をボルストは未だに遵守《じゅんしゅ》している。

ボルストの血には女王を崇《あが》めると同時に、兄グリーデルを慕う気持ちが脈々と受け継がれてきたのだ。

「今の王家は『女王に愛された娘』の加護を受けることだけに注力している。そんな王家に嫁いでも先がない」

辺境伯は憚ることなく口にする。誰かに聞かれたら大変なことになるというのに、平静そのものだ。それはボルストとしての父の覚悟なのだろう。

ティルザはそれを重く受け止め、瞼を閉じた。

「お父様のお覚悟はわかりました。でも、そのうえでわたしは、王太子殿下に嫁ぎたいと思っています」

政治的な思惑はあれど、王太子は自分を待ってくれていた。そして恐らく王家に縛り付けられることになる自分を憐れんでくれた。

(同情から恋に変わるという話、よくあると言うし……)

「ずっと想い続けてきた好きな人に嫁げるなんて、これ以上ない幸せですもの」

ティルザの言葉を聞いて、辺境伯は深いため息をついた。それは諦念を多分に含んだ重い重いものだった。

数日王城に留まることになったティルザは、翌日から王太子との親睦を深めようと行動を開始した。

本来ならば婚約のお披露目の舞踏会でダンスを踊るはずだったのだが、例の騒ぎでうやむやになってしまったため、ゆっくり王太子と話すこともできずにいたのだ。

少しでも話ができればとお茶や散歩に誘うのだが、当の王太子は多忙を理由に時間をとることが難しい、と伝言を寄越すばかり。

ティルザの希望はなかなか叶わなかった。

だが十一年間、ただ一人を想い続けたティルザはこれくらいではめげない。

王太子が剣の稽古をしに行くときを見計らって、準備しておいた差し入れ持参で訓練場に現れた。

「王太子殿下！」

「……ティルザ嬢」

ティルザに気が付いたローデヴェイクは困ったように眉を寄せたが、それでも淑女に恥をかかせるような男ではなかった。

稽古の手を止めると汗を拭きながらティルザの近くまで来るが、微妙な距離で足を止め、それ以上近付いては来なかった。暗褐色の瞳はいろんな感情がせめぎ合っているような複雑な色を見せ揺らめく。それに気が付きながらも、ティルザは太陽のような満面の笑みでバスケットを差し出した。

「レモン水と軽くつまめるものをお持ちしました。我が家のレシピなので、お口に合えばいいのですが」

ローデヴェイクは礼を言ってバスケットを受け取ったが、嬉しいというよりはやはり困惑したような冴えない表情をしている。

ティルザはその理由を尋ねたい気持ちをぐっと我慢して笑顔を保った。

打ち解けているとは言えない距離にしてもこの表情にしても、どう考えてもローデヴェイクが歓迎しているようには思えず、ティルザは内心不安で泣きそうになっていた。

（あぁ、居た堪れない……！　でも、我慢よ！　王太子様の前では笑顔で、一番いい顔でいたい！）

「ティルザ嬢、あなたがわざわざこのようなことをしなくてもいいのですよ」

気遣いというよりも、どこか他人行儀な言葉に心が痛む。

ティルザはこうして向かい合っているだけでドキドキして満ち足りた気持ちになるのに、王太子は違うのだと思い知らされる。

「あの、殿下……お願いがあるのですが」

ティルザは絶対ではないのですが、と前置きをした。どうしても叶えたいことを口にする勇気をなかなか持てなくて、もじもじしてしまう。

その様子に、なぜかローデヴェイクは警戒したように顔を強張らせた。

恐らく王太子の脳裏には舞踏会でのティルザの爆弾発言が再生されているのだろう。警戒するのも致し方ない。

それでも彼は「どうぞ？」と発言を促してくれた。ティルザは深呼吸して息を整えると望みを口にした。

「殿下を、お名前でお呼びしてもよろしいですか？」

不安と若干の期待のせいか、声が小さくなってしまった。

それとなく二人の様子を窺っていた周囲の騎士たちの間に緊張が走る。

舞踏会の問題発言以降、ティルザはその類まれな美貌と素っ頓狂な発言によって王城で注目の的なのである。

王家の次に尊い血筋を持つと言われる辺境伯家の令嬢にして目を見張るような美貌の持ち主であることに加え、緑眼を持つ『深緑の女王に愛された娘』で王太子の婚約者……世の女性が欲しいと願うあらゆる要素をこれでもかと盛り付けた彼女である。

注目を集めないわけがない。

今日もなにかとんでもない発言が飛び出すのでは、と興味津々で聞き耳を立てていた騎士たちはティルザの遠慮がちで可愛らしいお願いに一様に胸をときめかせた。

とても『すぐにまぐわい、子作りをしましょう』などと破廉恥《はれんち》な発言をした令嬢と同一人物とは思えぬ奥ゆかしい願いだった。

ローデヴェイクが少しの逡巡のあと咳ばらいをして周囲に鋭い視線を向けて牽制すると、動きを止めていた騎士たちは急いで訓練を再開し、二人の言葉を聞いていないふりをした。

「名前で呼ぶくらい、かまわないが」

「ありがとうございます！　……ローデヴェイク様」

ティルザは贈り物でももらったように胸の前で手を握り合わせると、ぺこりと頭を下げて弾む足取りで立ち去った。彼女に付き従っていた侍女が目を細めて意味ありげにローデヴェイクを見たが、すぐに礼節を伴ったお辞儀をしてティルザを追っていく。

それを見送ったローデヴェイクは、眉間にしわを寄せて大きな手のひらで口元を覆った。

「なんだというのだ……」


翌日、改めてティルザとローデヴェイクの顔合わせの場が設けられた。

応接室に入る直前、あまりにそわそわしすぎて辺境伯に脇腹を小突かれたティルザは、すぐに姿勢を正すと模範的な淑女としての仮面を被る。

「昨日は差し入れをありがとう。王城での生活に不自由はないか？　ティルザ嬢」

「ありがとうございます。ローデヴェイク様のおかげで毎日が楽しいですわ」

優雅なカーテシーのあと座るように言われたティルザは、にっこりと渾身の笑みを浮かべ王太子を見つめた。

その深緑の瞳は潤み輝いていて、誰が見ても『恋する乙女』であった。

一方の王太子は固い姿勢を崩さない。

やはりティルザに対して、線を引いているようだった。

「……先日の舞踏会でのことだが」

咳払いをして王太子が話を切り出す。ティルザはほんの少し躊躇ったあと、「はい」と静かに応える。

「その節は順序を弁えず失礼いたしました。わたしは子供を三人は欲しいと思っているので早いほうがいいと思うのですが、殿下はいかがですか？　王家的になにか制約はあるのでしょうか？　もっと多く欲しいというならわたし、ご協力できると思うのですが」

胸の前で手を組んで恥ずかしそうに微笑むティルザを見て、王太子は言葉に詰まり、辺境伯は額に手を当てた。

「……ティルザ嬢、落ち着いて聞いてほしい」

「はい」

自分が前のめりになっていたことに気付き反省したティルザはソファに深く座りなおして居住まいを正した。

それを確認してから王太子はゆっくりと言葉を紡いだ。

「十六年間挨拶すらせずに放っておいて申し訳なかったと思っている。国王陛下はともかく、私は無理に君を王家に縛り付ける意思はない。だから無理に風変りな令嬢として振る舞わなくともよい」

「……え」

ティルザは言葉をなくした。

王太子の真意が知りたくて暗褐色の目を正面から見つめると、視線を逸らされた。

「婚約は破棄してかまわない。そちらからは断りにくいだろうから、私が我儘《わがまま》を通すという形をとって婚約破棄の発表をしようと思っている。細かいことは私に任せて、君は普通の令嬢らしく自由になっていい。……もし君と婚姻を結んだとしても、私は君を満足させることができないだろうから」

異論がなければ政務があるからこれで、とその場を立ち去るローデヴェイクに、ティルザは顔を伏せたまま上手く返事をすることができなかった。辺境伯に促されてなんとかカーテシーで見送ったことは覚えているが、とてもではないが顔を上げることができなかった。ローデヴェイクがどんな顔をしているのか確認するのが恐ろしかったのだ。

「ティルザ、大丈夫か」

どさりとソファに倒れこむようにして動かなくなった娘を心配した辺境伯が声をかけるがティルザは返事もできずに身を縮こまらせ、パタリとソファに倒れ込む。

しばらくそのまま行儀悪く倒れ込んでいたティルザはぽつりと呟いた。

「わたし、もしかしてローデヴェイク様に嫌われている……？」

辺境伯は是とも否とも言えず、眉間にしわを寄せて冷めたお茶を飲み干した。

＊＊＊

ローデヴェイクは歩きながら、喉元に手をやった。鉛《なまり》でも飲み込んだような違和感がある。理由はもちろん応接室での出来事だ。

(ショックを受けているようだった。申し訳ないことをした)

だがまだ十六歳になったばかりの子供につらく当たってしまったことを反省する気持ちの陰に密かな喜びの気配があることを、ローデヴェイクは自覚していた。

婚約を破棄すると言ったことに対してショックを受けたということは、ティルザは婚約関係を維持したかったということになりはしないか。それが好意ではなく、辺境伯令嬢としての矜持から来るものだとしても。

ローデヴェイクは婚約解消もしくは政略結婚のいずれかでしか考えたことがなかったことに思い至り、仮にティルザと相思相愛の円満な婚約関係を結んだ場合のことを想像してみた。

『ローデヴェイク様、お慕いしています!』

満面の笑みで自分の名を呼ぶティルザ。

『ローデヴェイク様……もっと一緒にいたいです』

忙しい自分との時間を取れずに拗《す》ねるティルザ。

『……っ、ローデヴェイク、さまぁ……っ、今すぐ……まぐわいましょう……?』

頬を上気させて潤む瞳で見上げてくるしどけない姿のティルザ。

いい。

どのティルザも最高にローデヴェイクの好みである。

ショックを受けた表情から、こんなに妄想が広がるとは思いもよらなかった。ローデヴェイクは申し訳なさを感じながらも、頬が緩みそうになるのを慌てて引き締める。

「顔がニヤついていますが大丈夫ですか」

「気のせいだ」

アダムにこれ以上揶揄いのネタを与えたくなくて、ローデヴェイクは口をへの字にして耐えた。

応接室での顔合わせの翌日、辺境伯はあまり長く領地を留守にできないという、とってつけたような理由でティルザを連れて王城を後にした。

婚約破棄するための細かい打ち合わせを辺境伯ともしたかったローデヴェイクは、肩透かしをくらったように感じていた。

なんとも言い難い気持ちを抱えながら執務をこなす日々。

あのときのティルザの表情を思い出しては手をとめてしまい、ついには執務に支障を来すまでになっていた。

「殿下、恐れながらそんな腑《ふ》抜《ぬ》けでございましたか？」

乳兄弟の気安さを差し引いてもアダムの物言いはかなり失礼だが、ローデヴェイクは反論できない。

あのときの、衝撃を受けたようなティルザの顔が目に焼き付いて離れない。

どんなに振り払っても頭から離れないのだ。

宝石よりも美しい緑眼をこぼれんばかりに見開いたティルザは、ローデヴェイクのことをどう思っただろう。

自分の言動はあまりにも一方的ではなかっただろうか。

辺境伯家のためにと考えたからこその言動だったが、ローデヴェイクは後悔していた。

もっとティルザと話すべきだった。

彼女と話したい。彼女がどう思っているかを知りたい。

それればかりが頭の中をめぐっている。

執務に支障をきたすよりは、とローデヴェイクは腹を決めて、ティルザに会いに行くことにした。

取る物もとりあえず、数人の護衛を伴って辺境伯領へと出立した。滞《とどこお》った執務はアダムに丸投げをした。そうなるとわかっていたのだろう、アダムは特に文句も言わずに肩をすくめただけだった。

馬を走らせながら、ローデヴェイクは何度も自問自答する。

（行ってどうする、なにを話す気だ？　辺境伯もティルザ嬢もなにも言わなかったのだ。

それを同意とみなして速やかに婚約破棄の手続きをすればいいだけのこと。陛下には私からいいように言えばいい。もとより自分の我儘による破棄だと押し通すつもりだったのだから)

それが一番いいはずだ。けれど頭の中でそう考えても、心が否やを叫ぶ。ローデヴェイクはそれが不思議でならなかった。

(確かに彼女の容姿は優れていて、実際に私の好みであることは間違いない。だが、いわば顔の皮一枚のこと。顔が美しいだけならば王都にはいくらでもいる。それは些末《さまつ》なことだ。ならば、なぜ彼女のことが頭から離れない?)

ローデヴェイクは王太子という立場にあり、容姿も優れ、才能もあり、騎士として鍛えているがために、言い寄ってくる令嬢が後を絶たない。素っ気なく対応して泣かれそうになったこともあるが、ここまで心を揺さぶられたことはない。

だが、ティルザのあの表情だけは、いつまでも心に突き刺さったままだ。

ローデヴェイクはその答えが自分の中にあるのを見ないふりをして、すべては彼女に会ってからだと、そう自身に言い聞かせひたすらに馬を走らせる。

数名の護衛を連れただけの強行軍で、なんと王都を出て三日後の昼過ぎにはボルスト辺境伯の屋敷に到着していた。先触れを出していなかったにもかかわらず、驚くことに辺境伯邸の正面玄関前には辺境伯が待っていた。

「王太子殿下。ようこそボルストへ」

「辺境伯、どうして」

ここにいるのだ、と尋ねようとして言葉を飲み込んだ。

いつもうっすらと笑みを浮かべている辺境伯の顔に表情がない。

「それはこちらのセリフです。いったいどうされたのですか」

感情のない視線を向け、言外に歓迎していないということを伝えてくる。

ローデヴェイクは冷や水を浴びせられたような気持ちになった。

心の中のなにか熱いものに突き動かされるようにしてここまで来たが、王太子として正しい振る舞いではないという自覚はある。

ローデヴェイクなりの考えがあったとはいえ、婚約破棄の提案が一方的であったとわかっているのだ。辺境伯はもちろんティルザの考えを聞こうとすらしなかった。娘を大事に思っている辺境伯がローデヴェイクに不快な感情を抱いても仕方のないことだ。

「……ティルザ嬢が婚約のことをどう思っているのか、確かめに来た」

本来は王城の応接室で顔合わせをしたときにするべきことだった。

最初から腹を割って話してさえいれば、ティルザと寄り添い笑いあう未来を得られるかもしれないではないか。

話し合う前から、多分に希望が入ったことを夢想している自分に気付いたローデヴェイクは恥じ入った。

「……どうぞ、お入りください」

辺境伯はため息を隠しもせず、自らドアを開けてローデヴェイクを迎え入れた。

ティルザは身支度を整えているとのことで、そのままローデヴェイクを応接室に案内した辺境伯は表情を崩さない。ソファに座るように勧められたローデヴェイクは、まず辺境伯に頭を下げた。

「あなたとティルザ嬢を振り回してしまって申し訳なく思っている」

「おやめください、殿下」

しかし、となおも言い募ろうとしたが自分が座らないと話が進まないと気付き、ローデヴェイクは腰を下ろした。

ティルザに会ってから、いつも通りに思考できない。

動揺していることを自覚したローデヴェイクは努めて冷静であろうとした。

「先日伝えた私の気持ちに変わりはない。私は無理やりティルザ嬢を王家に縛り付ける意思はない。そこは理解してほしい」

「ええ。それは殿下がずっと言い続けていたことですので、疑っておりません」

ほっとしたのも束の間、辺境伯は「ですが」と言葉を繋げた。

「予防線を張って娘をいたずらに傷つけたことは、まあ……心証が悪いですね」

「……」

まったくもってその通りだった。ティルザの気持ちを聞きもせず、先回りして穏便に済ませようとした。それが結果としてティルザを悲しませたことに間違いはない。だから辺境伯はなにも言わずティルザを連れて領地に帰ってしまったのだ。

辺境伯にズバリ言われて、ローデヴェイクは黙るしかなかった。普段にこやかなだけに辺境伯の無表情は余計に恐ろしかった。

そんな張り詰めた空気を壊すように、応接室のドアが軽快にノックされた。辺境伯が入れ、と声をかけると部屋の空気がすべて入れ替わるような気配がした。満面に笑みを浮かべたティルザが現れたのだ。

「ローデヴェイク様、ごきげんよう……！」

頬を薔薇《ばら》色に上気させたティルザは、完璧なカーテシーを披露する。全身から歓喜を発散している様子にローデヴェイクの顔も綻《ほころ》ぶ。

「あぁ、ティルザ嬢も息災そうでなによりだ」

まだ嫌われてはいないようだと安堵するローデヴェイクは、妄想の中で切なげに自分を呼ぶティルザの顔を思い出しかけたが、涼しい顔で妄想に蓋をする。

すぐに口角を上げて笑みを浮かべる。乳兄弟のアダム曰く、ローデヴェイクの顔は整っているが表情が険しいので、公務のときは好感を得られるよう笑みを浮かべろと言われ続けていた。そのおかげで、すぐにティルザに笑みを向けることができる。彼女にだけは怯えられたくはない。

向かいのソファで深いため息をついた辺境伯が纏《まと》う空気を一変させて和らげたのがわかって、ローデヴェイクはようやく少し肩の力を抜くことができた。

「ティルザ、君ねえ……。私が年長者として親として威厳を見せようとしていたのに、よくも台無しにしてくれたね」

「まあ、ローデヴェイク様にそんな圧をかけていたのですか？　不敬です、お父様！」

許せない、と頬を膨らませたティルザは辺境伯の隣にストンと腰を下ろした。その仕草が可愛らしくてローデヴェイクはついまじまじと見てしまう。

「ローデヴェイク様すみません、父が失礼を……」

眉を下げて上目遣いに見るティルザに大丈夫だと目を細めて合図を送ると、彼女は花が開くように笑った。

「……殿下がなにに怯み、なにを守ろうとしてくださっていたか、理解しているつもりです。しかし私も親なのでね。この件に関しての失礼はお詫びいたしません」

「もちろんだ。辺境伯の寛大な心に感謝している」

ローデヴェイクが頭を軽く下げると、辺境伯は顔をお上げください、と息を吐き、手に持っていたカップをテーブルに置いた。

「もともと二人の婚約は古の盟約に基づいた陛下と私の口約束にすぎませんし、加えて本来婚姻とは当事者の間での契約です。娘の気持ちがなによりも優先されることは言わずと知れたこと。殿下もそれをお望みでしょう。……ここからは、どうぞお二人でお話しください」

私たちはお互い順番を間違えた。そう言って席を立つ辺境伯の背中に礼を言い、ローデヴェイクはティルザと向き合った。彼女の緑の瞳がきらきらと瞬《またた》いて、ローデヴェイクに話しかけられるのを今か今かと待っている。

「ティルザ嬢、私の言葉が足りず不快にさせてしまったことをまずお詫びする」

「いいえ、不快なことなんてありません」

顔中に『お慕いしています』とでかでかと書いた紙を張り付けたようなティルザが眩《まぶ》しすぎて、ローデヴェイクは視線を逸らした。容姿が好みの女性が自分に対して好意を隠さずに笑顔でいてくれることがこんなに面映ゆいことだと、ローデヴェイクは初めて知ったのだ。

ローデヴェイクにとってそれは照れを含んだ行為だったが、ともすると逆の意味に取られかねないと慌てて視線を戻した。ローデヴェイクとしっかり視線を合せたティルザはにっこりと微笑むと窓に顔を向けた。

「今日はいいお天気なので、お散歩しませんか？」

散歩というからには屋敷の庭やその周辺を散策するのだと思ったローデヴェイクは、それが間違いだとすぐに知った。

ティルザは供を断りローデヴェイクと並んで歩く。その迷いのない足取りから目的地があるのだと知れたが、ティルザは思ったよりも健脚でどんどん歩いていく。

屋敷の花壇の横を抜け、あっさりと庭を素通りし、木々が生い茂る緑地を右へ左へ曲がりながらティルザは歩いていく。振り返っても大きな辺境伯邸が見えなくなった頃、さすがに遠いのでは、とローデヴェイクが声をかけた。

「ティルザ嬢、どこへ向かっているのですか」

「思い出の場所に」

そう言ったきり口を噤んだティルザがようやく足を止めたのは、緑が濃い森の中だった。

緑の気配が濃く、空気の密度が増している。

鬱蒼《うっそう》とした森であるのに、葉の隙間から差す木漏れ日が光の梯子を作り出し、神秘さを醸し出している。鳥のさえずりがあちこちから聞こえ、姿は見えないが小動物の気配も多く、森が生きていると素直に感じられた。

ここはもしや、とローデヴェイクが辺りを見回すと、その心を読んだようにティルザが顔を上げた。

「ここは『深緑の森』です。屋敷から意外と近いのです」

「……こんなに気軽に入って大丈夫なのか?」

深緑の森はグリーデル国の聖域である。

何者もみだりに侵してはならないと定められた場所だ。

過去にローデヴェイクはやむにやまれぬ事情から足を踏み入れたが、まさか辺境伯邸から散歩の感覚で入り込んでしまうとは思いもよらなかった。

「わたしがいつも散歩しているところですし、深く入らなければ問題ないですよ。あ、あそこで休みましょう」

疲労の影もなくさらりと言ってのけるティルザは、休むのに丁度よさげに横たわる木を指さした。

そこに並んで腰かけると、ティルザは綺麗に揃えた足をもじもじと揺らした。

「お忙しいのにこんな遠くまで来てくださって、ありがとうございます。お暇《いとま》の挨拶もできずにお城を出てしまったのでずっと心残りだったのです」

ティルザは嬉しそうに笑う。その表情に裏などは一切感じられず、ローデヴェイクは心を決めた。

(余計なことは考えずにティルザ嬢と正直に向き合おう)

飾ろうとするから間違うのだ。ローデヴェイクは居住まいを正した。

「ティルザ嬢、私はあなたに謝らなければならない」

ローデヴェイクは十二歳の頃からずっと考えていたことを隠すことなく話した。

加護に頼り縋ろうとするあまり、生まれたばかりの子供の将来を決めてしまう王と王家の理不尽さに怒ったこと。自由に生きて幸せになってほしいと願う気持ち。そして若くて美しいティルザに自分は不釣り合いだと思うことまですべて。

言葉を挟まずにティルザが聞いてくれたおかげで、淀《よど》みなく心情を吐露《とろ》したローデヴェイクは全てを話し終えて細く息を吐いた。

「これが私の偽らざる気持ちだ。だからティルザ嬢、君は王家にも私にも遠慮することはないのだ」

心優しい少女は、父親や国のことを慮《おもんぱか》って自分を押し殺していたのだろうが、自分を取り繕うことはしなくていいのだ。そう言いたかった。

ティルザとの縁が切れてしまうと考えると寂寥感《せきりょうかん》が広がるが、彼女が望むならば応じるべきだ。それが大人の対応だ。

そう思って顔を上げると、そこには頬を赤くし、目を潤ませたティルザがいた。

「ティ、ティルザ嬢？」

「ローデヴェイク様……わたしのことをそこまで考えてくださっていたなんて……っ」

ティルザは感極まってがばりと抱きついた。柔らかい感触に顔が緩みそうになるのをなんとか堪えたローデヴェイクはその細い肩を押し戻す。

「ティルザ嬢、話を聞いていたか？　気を使わなくてもいい、婚約を破棄したからといって辺境伯領が不利益を被ることがないよう、私がきちんと取り計らう……」

「それです！」

ティルザは大きな瞳を吊り上げて声を荒らげる。その予想外の鋭さにローデヴェイクは思わず口を噤んだ。

「わたしは辺境伯家の娘ですが、己を犠牲にして王家に仕えるつもりはこれっぽっちもありません！　婚約破棄したから我が領が不利益を被る？　そんなことさせません！　わたしもお父様もただ諾々と陛下に従っているわけではありません。古の盟約を守り、深緑の女王と王家、そして民を繋ぐという重要な役割を担ってるという自負がわたしたちボルストにはあります」

ローデヴェイクの胴に回された腕に力がこもる。もちろん痛くはないが、真剣さが伝わってくる。ローデヴェイクは黙って聞いていた。

「それに、なにより！　わたしが！　ローデヴェイク様をお慕いしているので！　……好きなので！　婚約破棄なんて絶対にしませんから！」

ぎゅうう、と一層腕に力が込められる。それはまるで親に縋りつく幼子のような必死さだったが、ローデヴェイクの胸は熱くなった。

打算なく、こんなにまっすぐな好意をぶつけられたのは初めてだったのだ。

それに衣服越しにティルザの体温と柔らかい肉の感触が感じられて、身体の芯が熱くなりかけた。

（待ってくれティルザ嬢、柔らかいものが……胸が当たっている……！　それになんとも芳しい香りが……っ）

フワフワと浮足立った思考に乗っ取られかけたローデヴェイクは、すんでのところで我に返った。

（いかん、正気になれローデヴェイク！）

ここで発揮していいのは肉欲ではなく、大人としての対応である。ローデヴェイクは乱暴にならないように気を付けて、ティルザの腕を解いて距離を取った。

「ティルザ嬢、落ち着いてほしい。君は多分、私を好きだと勘違いしているのだ。幼い頃から婚約者だと、将来は結婚するのだと周囲から刷り込まれれば……」

自分で言っていて胸が痛かった。先ほど抱きつかれて喜んでいた心がしぼむ。だが、ティルザの反撃ですぐに解消された。

「わたしがローデヴェイク様の婚約者だと知らされたのは、王城に行く二週間前です」

「……に？」

ティルザの言葉にうっかり呆けてしまったローデヴェイクは、彼女が勢いよく立ち上がったことを特に不思議に思わなかった。

だが次の瞬間、ティルザがドレスのスカートを捲《めく》り上げたことに驚き声をあげる。

「なっ、なにを……っ」

屋外で万が一女性のドレスが風などで捲れ上がってしまったら、紳士はすぐに顔を背けてそれ以上見てはいけない。まして凝視などもってのほかだ。

しかし、ローデヴェイクは今、残念ながらそれができなかった。

傷ひとつないすらりとした脚……と思われたティルザの右足の脛《すね》に傷があったことに驚いてしまったのだ。

(箱入り娘として大事に育ったはずの彼女に一体どうして傷など。いや、彼女に傷があろうとなかろうと関係ない。私ならば彼女の傷さえ愛しく思う。そう、その傷に唇を寄せて……っ、いや、なんの話だ、そうではない！)

ローデヴェイクは激しくかぶりを振った。

「ティ、ティルザ嬢、裾を捲り上げるなどはしたない。すぐに裾を降ろして……」

「この傷、見覚えありませんか」

思いのほか真摯《しんし》な響きにローデヴェイクが顔を上げると、ティルザの真剣なまなざしとかち合った。

誘惑されているのかなどと一瞬思ってしまったが、冷静になってよく見れば脚も膝上あたりまでしか露出されていない。女性が男性に脚を見せることははしたないとされているが、これは理由があればギリギリ凝視しても許される範囲か、とローデヴェイクは心の中で言い訳をした。

傷は鋭利なもので切られたものではなく、木の枝などにひっかけたようなギザギザしたものだった。塞がっているように見えるが、妙に生々しい感じがアンバランスだった。

「……いや、すまないが見覚えはない。それよりも早く裾を……」

「わたし、あのとき助けていただいた子供です！」

ローデヴェイクの言葉を遮るようにティルザが叫んだ。

「十一年前ここで、怖い大人に連れて行かれそうになっていたわたしを、あなたが……ローデヴェイク様が助けてくれて……っ」

急に風が吹いて、森が鳴いたように聞こえた。

木漏れ日が不安げに揺れて視界を惑わせる。ざわざわと葉擦れの音がローデヴェイクの意識を十一年前の森の中に連れて行った。

がさがさと下草を乱暴に踏み分ける音、男の怒声と高い泣き声。濃い暴力の気配に負けないように己を奮い立たせた、あのときのことをついさっきのように思い出した。

ローデヴェイクは無意識に額の傷に手をやる。

（そうだ、あのとき助けた少女は見事な黒髪で、お父様お母様、と庶民らしからぬ言葉で

助けを求めて）

あの少女がティルザであると気付いたローデヴェイクは、身体の中を強い風が吹き抜けていくのを感じた。

身体の中でなにかがカチリと音を立てて嵌ったような気がした。

「あの日からずっと、あなただけを想っていたの。そして王城で逢ったとき、わたしはまた同じ人に恋をした」

必死さの滲む声に顔を上げると、驚くほどすぐ近くにティルザがいた。手のひらをローデヴェイクの頬に当てて愛おしそうに撫でる。ローデヴェイクはその手を振り払うことができず、潤んだ緑眼を見つめた。

その神秘的な輝きに吸い込まれそうになりながら、妙な渇きを覚えて喉を鳴らした。ごくり、と唾《つば》をのむ音がやけに大きく聞こえた。ティルザがローデヴェイクの額にかかった髪を上げると瞼を伏せる。

まるでよくできた人形のように、美しくカールしたまつ毛が瞼に落としている濃い影を、ローデヴェイクは凝視した。

ティルザの顔がぐっと近づき距離を詰めてローデヴェイクの眉の上、丁度傷跡がある辺りに唇が落とされた。ちゅ、と微かな音と濡れた感触、柔らかな熱。

すぐに離れたそれは大きな衝撃をローデヴェイクにもたらした。唇の感触と温度、ティ

ルザの身体が近付いたときに感じたなんとも芳しい香り。なにより視界いっぱいに広がる柔らかそうな胸元。

よからぬ考えがむらむらと湧き出るのを、奥歯を噛んで堪えたローデヴェイクはティルザの手を取った。

「ティルザ嬢、私と君とでは年が違いすぎる……」

「そんな些細《ささい》なことを心配していらっしゃるのですか？　相手を想う気持ちに年齢は関係ないと思います。五歳の子供に劣情《れつじょう》を抱く十七歳はさすがに問題だと思いますけど、二十八歳の男性に恋する十六歳なんて普通です」

劣情、と聞いてローデヴェイクは暫し考えた。自分はあのとき、泣いて助けを求めるティルザ嬢にそのようなやましい気持ちを持ったか。

答えは否、早く助けて親元に返さねばとは思ったが、幼いその子供を自分がどうにかしてやろうとは微塵《みじん》も考えなかった。それは誓える。

「君は、本当に私に、その……恋、をしていると？」

恋という単語を口にするのが、こんなにも気恥ずかしいものとは思いもしなかった。頬に熱さを感じながら、ローデヴェイクは尋ねる。

それに対しティルザは力強く首肯した。

「間違いないです。わたし、ローデヴェイク様に十一年恋している、言わば恋のプロですから！　これからはプロの婚約者になる予定です！」

柔らかそうな胸を張り、誇らしげに鼻から息を吐いたティルザがあまりに可愛らしくて、ローデヴェイクは堪えきれず吹き出してしまった。

再び並んで木に腰掛けたローデヴェイクはティルザに傷のことを尋ねた。

「私の傷は薄くなっているが、君の傷はつい昨日付いたもののように残っているのはなぜだ？　もしや傷が治りづらい体質なのか？」

すらりとした美しい脚にあのような傷が残っていてはつらいこともあっただろう。ティルザの心情を思うと胸が締め付けられるように痛んだ。

「あ、これはわざとです。本当ならすぐに治るんですけど、深緑の女王にお願いして残してもらいました。傷自体は塞がっているので痛くありませんし」

さらりと言ってのけたティルザは説明を重ねる。なんでも緑眼のおかげで少しくらいの傷なら女王の加護であっという間に治ってしまうのだという。女王の加護はそこまで強力なのかと、ローデヴェイクは驚きを隠せない。

「それは……あまり人に言わないほうがいいな。だが、なぜだ？　せっかくの美しい脚に傷を残すなど」

「あのとき遊び半分に護衛の兵士を撒いて、一人になって誘拐された自分への戒《いまし》めと

「……」

不意に言葉を切ったティルザはちらりと視線を上げた。緑眼が無邪気さと妖艶《ようえん》さを同時に発揮したように煌めいて、ローデヴェイクの胸が高鳴る。

「絶対にあの素敵な騎士様と結婚して子供を産むのだと、傷と深緑の女王に誓ったのです。願いが成就したら消してもらうつもりでしたが、ローデヴェイク様が気になるのであればすぐにでも消してもらいます……もちろん、子種をくださったあとでもいいですけど」

ぽっと桃色に染まった頬に両手を添えてティルザは恥じらいに身を捩った。ローデヴェイクはどう言葉を返していいものか迷いに迷って、結局「そうか」と呟いた。

(……っ！　ティルザ嬢はいったい私をどうするつもりなのだ？　女王の膝元でわたしを試しているのか？　そうなのか!?　いやまて、落ち着け。ひとまず深呼吸だ)

もちろんそんなことはないと理解しているローデヴェイクだったが、耳が燃えるように熱かった。

「……ならば私はこの額の傷がこれ以上薄くならないよう願いたいものだ。幼い君を守ることができた勲章として」

心の中で思ったつもりだったが、うっかり口に出してしまったことに気付いた時すでに遅し。感動したティルザが再びローデヴェイクに抱きついたのだった。

深緑の森から帰ると屋敷の前で侍女のシルケが待っていた。王都から来たときも先触れなしだったのに、同じように辺境伯が待っていたことを思い出し、ローデヴェイクはシルケを見た。その視線に気付いたのか、シルケはなにやら思うところがあるような視線を返すとすぐにティルザ向き直った。

「ティルザ様、旦那様がお待ちです」

「ありがとう、着替えたらすぐに行くわ。ローデヴェイク様はどうぞお部屋でお休みください。あとでお茶を持っていかせます」

急に普通の令嬢のように振る舞うティルザにローデヴェイクは少し驚いた。

辺境伯家の令嬢なのだから当然の振る舞いではあるのだが、彼女のすこし風変わりで大胆な一面を続けざまに見たせいか、妙に新鮮に映ったのだ。

（……少し考えを整理したい。ティルザ嬢が魅力的すぎる）

年甲斐もなく胸の奥が疼くような気がして、ローデヴェイクは胸を押さえた。

その夜は急な訪問者があったとは思えないほど、手の込んだ晩餐《ばんさん》でもてなされた。

ローデヴェイクは美味しい食事に舌鼓を打ち、辺境伯とも以前のように気さくに会話を楽しんだ。

散歩のときのように、必要以上に距離を詰めてこないティルザにも安心した。どうやら彼女は人並み以上に場の空気を読むことができるらしかった。

その場にあった対応ができることは、淑女としての絶対条件である。

令嬢然とした態度をしていても、ティルザがローデヴェイクのことを想っていることを漏れ感じる。何度も視線が合うが気まずくなく、自然と微笑みを返せる喜びをローデヴェイクは噛みしめていた。

食後、辺境伯と酒を嗜《たしな》んでいるときに、ローデヴェイクは改めて急な訪問の非礼を詫び、翌日王都へ戻ることを伝えた。辺境伯は特に引き留めることもなく、「道中お気をつけて」と帰路の安全を願い、杯を掲げた。

夜遅くなる前に酒を切り上げ、ローデヴェイクは風呂で身体を清めさっぱりとした顔で客間に戻った。ベッドに腰掛けながらタオルで髪を乾かし、窓から外を眺める。

ざわざわと風で木の枝が揺れ、葉が擦れる音が深緑の女王の、人ならざるものの囁き声のようだ。暗くてもなお緑の気配を濃く感じる。ボルスト領にいると、緑の女王の懐に抱かれていると自然に思えるのだ。

(辺境伯とティルザ嬢のおおらかさもこのボルストで育まれたものか)

王都や他の領とはずいぶん違うと言わざるを得ない。いっそここが首都であるほうが、と考え慌ててかぶりを振る。

(辺境伯に付き合って過ごしてしまったかもしれない)

そう思いながら、ローデヴェイクは明かりを消しベッドに入った。

信頼する乳兄弟のアダムに一時的に任せたとはいえ、溜めまくっていた執務がある。辺境伯領に行くようローデヴェイクをけしかけたのはアダムだが、さすがに彼の忍耐力も限界だろうから、ゆっくりはしていられない。

名残惜しいがティルザの気持ちを確認することもできたことだし、明日の昼前には出立せねば、と段取りをしながらウトウトと眠りに落ちそうになっていると、物音がした。

キィ、と客間のドアが開く音に続いてひたひたとベッドに忍び寄る足音に、ローデヴェイクはすぐに寝間着の腰に手を差し込んだ。いつもそこに護身用の暗器を忍ばせているのだ。

(侵入者か？)

ローデヴェイクはすぐに迎撃できるように身体を緊張させた。侵入者がベッドに手をかけ、顔を覗き込んだ瞬間、片手で払ってベッドに引き倒し馬乗りになった。腰から引き抜いた暗器を侵入者の首元に付きつけたとき、押さえつけた身体の想定していない柔らかさに気が付き、ローデヴェイクはぎょっとする。

「きゃ！」

侵入者は小さく悲鳴を上げると、拍子抜けするほどあっけなくローデヴェイクに捕らわれた。数瞬遅れて芳しい香りが鼻を掠める。その香りに覚えがあったローデヴェイクは暗闇でまじまじと目を凝らした。

「……ティルザ嬢！」

「さすがですわ、ローデヴェイク様。夜這い失敗です……」

ローデヴェイクの身体の下には、残念そうに眉を下げる夜着姿のティルザがいた。ローデヴェイクは慌ててティルザの上から飛び退くと、つい大声を出しそうになった自身の口を塞いだ。

（な、ティルザ嬢がなぜここに？　夜這いと言っていたが、夜這いとは……まさか私が知っているあの夜這いで間違いないのか!?）

ローデヴェイクは混乱のあまり頭の中が『夜這い』という言葉でいっぱいになってしまった。ティルザはもじもじと身を捩る。

「ローデヴェイク様が明日王都にお戻りになると聞きまして……居ても立ってもいられなくて。思いの丈を今夜のうちにぶつけて既成事実を作ってしまおうかと……」

行動力の塊《かたまり》か、とローデヴェイクは驚きを隠せない。女性に寝込みを襲われることはこれまでもあったがおぞけしか感じなかった。だが、ティルザが相手だと面映ゆい気持ちになる。ローデヴェイクは自身の心境の変化に内心驚いていた。

「待て、いや待ちなさい……ティルザ嬢、君は思い切りが良すぎる。もっと自分を大事にしなさい」

心のうちを隠すように言うと説教臭い爺《じじい》のようになってしまったが、それは紛れもなくローデヴェイクの『大人として』の本心だ。

ティルザが婚約の継続を望んでいるとなれば、ローデヴェイクはそれに異を唱える気はもうない。このまま順調にいけば、遠からず婚姻関係を結ぶ間柄とはいえこの展開は些《いささ》か急と言わざるを得ない。

「お言葉ですが、わたしは自分を大事にしていますし……ローデヴェイク様もわたしを大事にしてくださると信じています」

ぎしり、とベッドを軋《きし》ませティルザがにじり寄る。

ドレスとは違い、寝るのに楽なように作られている夜着は薄く、身体のラインによく沿っている。ローデヴェイクにそのつもりがなくても、つい視線は柔らかくも張りのある胸の膨らみや腰の細さに注がれてしまう。

今のティルザは女性の魅惑的な部分が強調されてひどく官能的に映った。明かりが乏しいせいもあるのだろう、瞳がより大きく潤んでいるように見える。

「大事にする、もちろん大事にするが……」

呻《うめ》くようにローデヴェイクが絞り出した声に、ティルザは顔を綻ばせる。

「嬉しい……ローデヴェイク様っ」

感極まって両手を広げて抱きつこうとするティルザを見て、ローデヴェイクは瞬時に考えを巡らせる。避けてはティルザがベッドから落ちてしまう。かといってこのまま抱きつかれては、自分の男の部分が我慢できずにティルザを傷つけてしまうかもしれない。

(……くっ!)

ローデヴェイクは力加減に注意しながらティルザの両手を掴むと、素早く背後に回り込み細い身体を拘束した。

「えっ??」

驚きの声を上げるティルザにかまわず、ローデヴェイクはそのまま彼女もろともベッドに倒れこむ。ぎしぎしとベッドが大きく軋んだ。

「……ふう、あなたは男を知らなすぎる。こんなことをしては身が危険だとわからないのですか」

ため息交じりに背後から声をかけるとティルザが全身を強張らせた。

「だって、……ローデヴェイク様は素敵だから、離れている間不安で。せめて近くにいるうちに手を出していただきたくて……」

拘束を解こうともじもじとティルザが身体を動かすが、ローデヴェイクの拘束は一向に解けない。箱入り令嬢と騎士の正しい力関係である。

「おや、私はそんなに信用がないのかな？　婚約者がいるのに他の女性に現を抜かすほど不誠実ではないつもりだが」

「そうじゃないんです！　周りの令嬢にとって、ローデヴェイク様がとっても魅力的だって言っているんです！　それに……わたしたち、まだちゃんとしたキスもしていないし……っ」

言われて初めて、ローデヴェイクはその事実に気が付いた。

森でティルザから額の傷跡にキスをされた。しかし自分からは唇はおろか、頬や手の甲にすら口付けをしていない。

キスの回数が愛情の証《あかし》と断じるつもりはないが、十六年も婚約者でいたにもかかわらずなにもないではティルザが不安になるのも得心がいった。

それに森で額の傷に口付けされたときの、あの形容しがたい高揚感は何物にも代えがたいとローデヴェイクは知ってしまった。

ローデヴェイクはその体勢のまましばし考える。

拘束を解いたらティルザはきっとさらに口付けをせがむだろう。それを敢えて突っぱねるつもりはないが、ティルザは夜這いに来るほど思いつめている。恐らくあいさつ程度の額や頬への口付けでは納得しない。是と言った瞬間ティルザの箍《たが》が外れてしまう可能性がなきにしもあらず。

いや、そちらの公算のほうが大きい。

そうなると試されるのはローデヴェイクの忍耐力である。

（……それにしても、どうして女体というものはこんなにも柔らかくていい香りがするのだ……っ）

特殊な事情から既に結構な我慢をしているローデヴェイクは、拘束を解くのが最善とは思えなかった。

（口付けならまだいい。その先まで求められでもしたら……断れる気がしない……！）

自身の決断に情けなさを感じながらも、ローデヴェイクは妥協案を示した。

「もし君が嫌でなければ、……私からしてもいいか？」

「えっ？」

ティルザが腕の中で驚きの声を上げた。

＊＊＊

なんという僥倖、なんという奇跡……！

ティルザは自分が夢を見ているのではないかと疑った。もしくはローデヴェイクに拘束された嬉しさで気絶しているのか。都合のいい夢でもない限り、このようなシチュエーションが自分に起こるとは思えなかった。

夢でもなんでもいい。初恋の君にキスしてもらえるのならば！　ティルザはこくこくと何度も首肯《しゅこう》した。

「はい、お願いします……して欲しいです！」

あまりの興奮で脳が沸騰《ふっとう》しそうだった。鼻血が出ていないかと心配になったが、両手を拘束されているため確認することもできない。

（どうか、興奮のあまり鼻血が出ていませんように……！）

ティルザは真剣に願いながらローデヴェイクからの口付けを待った。

口か頬か額か。どこでもいい何度でもいい、とティルザはその瞬間を待つ。

（そ、そこですか……!?）

ローデヴェイクの唇の感触にティルザは驚愕した。あまりに予想外の場所への口付けに心の準備が整わず、身体が震えるのがわかった。

ローデヴェイクが口付けた場所はティルザの耳の裏だった。

まったくの無防備だった場所は、意外にも神経が敏感だった。

しとりとローデヴェイクの唇が押し付けられる。にわかに感じる好きな人の熱と吐息。それだけでティルザはくらくらしてしまう。

「今はこのくらいで我慢してくれ。さあ、もうおやすみ」

耳殻《じかく》に響く低音のささやきに、ティルザは胎の奥がきゅんと鳴いたのがわかった。ビリビリとした悦《よろこ》びが、背骨を通り旋毛《つむじ》から足先までが甘い痺れで犯される。

（あっ、やだ……っ）

蜜が滴るのを感じて身体を丸めようとすると、ローデヴェイクがそれに合わせて身体を動かす。後頭部にローデヴェイクの顎があたるのがわかってティルザは顔が熱くなった。

（は、はあ……ローデヴェイク様がこんなにぴったりと抱きしめてくれて……っ）

実際ティルザは拘束されているのだが、体勢だけ見れば抱きこまれていると言えなくもない。単純に主観の違いである。

ましてや先ほどからローデヴェイクはティルザを避けるどころか婚約者として扱ってくれている。……子ども扱いではなく。

それが嬉しくてティルザは瞼を閉じて喜びに浸った。だが感情に負荷がかかりすぎたのか、ティルザはローデヴェイクの体温を背に不覚にも意識が薄れていくのを感じた。

（駄目、寝ては駄目……せっかくローデヴェイク様が抱きしめてくださっているのだから、もっと堪能したい……）

そんな願いも虚しく、ティルザの意識は眠りの淵を滑り落ちていった。

「良い夢を、婚約者殿」

夢うつつにローデヴェイクがそう囁いたような気がしたが、事実かどうか確かめることができなかった。

翌日、ティルザが目を覚ますと朝日がすっかり昇っていて、ベッドにはもちろんローデヴェイクがいなかった。顔を青くして部屋を出ると、廊下にシルケがいた。

「おはようございます、ティルザ様。今着替えをお持ちするところで……」

「着替えはいいから、ローデヴェイク様は？　まさかもう出立されたわけではないわよね？」

ティルザの必死な形相にも冷静なシルケはつい、と顎を窓のほうへ向ける。その窓に張り付いたティルザは馬の手入れをしているローデヴェイクを見つけて、窓を開けた。

「ローデヴェイク様！」

「あぁ、ティルザ嬢。おはよう」

好青年とはこうだ、というような完璧な笑顔に安堵し、ティルザの頬は緩んだ。

今すぐ行きます、と言い置くと慌てて身支度を整え外へ出る。

旅装を整えたローデヴェイクとその数名の供は、いつでも出立できるようだった。

「もう、行ってしまわれるのですか？」

せっかく心が近くなったのに、また身体の距離が遠のいてしまう。ティルザの顔は悲しみに曇った。

「そんな顔をしないでくれ。またすぐに会える。今度は君を正式に婚約者として王城に迎えよう」

優しげな笑みを浮かべるローデヴェイクの視線が熱を帯びている気がしてどぎまぎする。

そんなティルザの髪を、彼はひと房取って恭しく口付けた。

その仕草に今までにない甘やかさを感じ、一瞬にして顔が熱くなる。ローデヴェイクに見惚《みと》れてしまいながらも、ティルザは大事なことを思い出した。

「ローデヴェイク様、ちょっと待っていてください。すぐ戻ります！」

ティルザは返事も待たず屋敷へ取って返した。玄関付近で辺境伯とぶつかりそうになり注意されるがそれもおかまいなしだ。


「やれやれ、うちのはねっ返りには困ったものだ。殿下、本当にアレを婚約者に据えるおつもりで？」

「本当もなにも、ティルザ嬢は十六年も前から私の婚約者でしょう？」

口角を上げるローデヴェイクは予想外に楽しそうで、辺境伯はそうですけど、とため息をつく。殿下も物好きな、と額を押さえた辺境伯に対してそれよりも、とローデヴェイクは声を潜めた。

「何度も言いますけれど、昨夜はなにもありませんでしたからね……！」

拘束したティルザを寝かしつけたローデヴェイクは、寝床を求めて同行の騎士たちのところへ行こうと廊下に出た。

そこで辺境伯とシルケにばったり会ってしまったのだ。

驚きというより恐怖で息を呑んだローデヴェイクをよそに、シルケは『ほらね』とランタンを掲げて目を細め、辺境伯は眉間にしわを寄せてため息をつく。

「辺境伯、あの、これは」

「ティルザは中に？」

辺境伯の視線はローデヴェイクに宛がわれた客間の扉に注がれている。ひどく居た堪れない気持ちになりながら、ローデヴェイクは必死に言い募る。

「ええ、ティルザ嬢は中に、ええと、寝ておられる……っ、睡眠中ということです！」

状況を整理するとローデヴェイクはティルザから夜這いを仕掛けられた側であるからして、そんなに動揺しなくてもいいのだが、彼は彼でティルザを抱きしめ、不埒な体勢で(耳に)キスをしてしまったという後ろめたさがあった。

「なぜ娘が殿下の寝室で？」

「……っ」

事実とはいえ、まさか『あなたの娘が私に夜這いを仕掛けてきたのです』とは言えなかった。もし自分の娘がそんな破廉恥なことをしたと知ったら、辺境伯はどんなに嘆き悲しむだろう。ローデヴェイクはなにかいい方便はないかと考えを巡らせるが、事実の持つ力が強すぎてなにも思いつかなかった。

「まあ、おおかた娘が殿下のベッドに潜り込んだんでしょうけれど。申し訳ありませんね、殿下。別の客間をご用意しておりますのでどうぞ」

辺境伯は眉間を揉み解すとシルケに案内を頼み廊下を引き返す。

「あ、辺境伯……、私は本当にまだなにも……っ」

ティルザの名誉を守るためと、敬愛する辺境伯に軽蔑されたくないという気持ちで引き留めるも、辺境伯は振り向きもせずひらひらと手を振って行ってしまった。

あの手の動きをどうとらえたらいいのか、悩みながらもローデヴェイクは新たに案内された客間でまんじりともせず朝を迎えたのだった。

おかげで出立の準備が早く済んでしまった。

「わかっていますとも、娘の暴走だということぐらい。まあ、婚約者同士なのですし、節度ある交際ならば目くじらをたてるのも野暮というもの……」

それは二人の婚約を公に認めるという意思表示で、ローデヴェイクはかすかに顔を紅潮させた。

「辺境伯、あなたの大事な娘のことでしょう？　もっと真剣に考えてください……！」

そんなことを話しているうちにティルザが戻ってきた。手にはなにかを大事そうに持っている。

「ローデヴェイク様、これを」

差し出されたものを受け取り、ローデヴェイクは目を見張った。それは剣を装備するときに使う剣帯だった。見ると細かな刺繍《ししゅう》が施してある。幸運のモチーフとしてよく使われるクローバーを複雑に絡み合わせた図柄で、一朝一夕にできるものではない見事な出来映えだ。

「これを、君が……？」

ローデヴェイクは感嘆の声を漏らす。その声にティルザが照れくさそうに肩を竦《すく》める様がひどく可愛らしかった。

「ローデヴェイク様を想って一針一針縫いました。どうぞ、会えない間わたしの代わりにお傍に置いてください」

「ティルザ様の怨念じみた針運びは、邪悪なものを寄せ付けないでしょう」

シルケが横で不吉なことを言っているが、そんなことは気にならなかった。

ローデヴェイクはすぐに今使っている剣帯を外すとその場で付け替える。まるで剣に誂えたような装着感に相好が緩む。

「ありがとう、ティルザ嬢。とても気に入った」

それを聞いてティルザも満面の笑みになる。

場の空気が和み、二人は「ではまた、王城で」と笑顔で別れたのだった。

3・噂

　王城に戻ったローデヴェイクはすぐに国王に謁見を求め、ティルザとの婚約を破棄せずこのまま進めたい旨を告げた。今までとは真逆の申し出に国王はわずかに目を細めたが、特になにを言うでもなく頷いてそれを了承した。

　そして改めて婚約者同士の交流の時間を持つために、ティルザが再び王城にやってくることになった。

　王太子の婚約者として長期滞在する予定のため、王城内にはティルザの部屋が準備された。それは歴代の王太子妃が使用する部屋で、ローデヴェイクの私室とは続き部屋になっている。

「まだ王太子妃ではないのだし、もっと離れた場所のほうがいいのでは？　そうだ、日当たりのよい南棟のほうにでも……」

ティルザが到着するという当日になってもローデヴェイクはそんなことを言ってアダムから冷たい失笑を買っていた。

「殿下、なにをいまさら。陛下に婚約話を前進させると自らおっしゃったのでしょう？婚約者殿が王太子妃になるのはほぼ確定ではないですか。それに歴代の王太子の婚約者が同じように使った部屋ですし、いったいなんの問題が？」

そう言われてはぐうの音も出ない。だがローデヴェイクには懸念があった。

（辺境伯邸のときのようにティルザが夜這いをかけてきたら、拒めないではないか……！いや、拒む気はもうないのだが部屋を隔てるものが鍵のかけられない扉一枚とはもはやないも同然……）

心の中ではそういう出来事が起こってしまうことを密かに楽しみにしている自分もいて、ローデヴェイクはにやつきそうになる唇を引き結んだ。

ティルザのことを憎からず思っていることは自分でも十分自覚している。だが、ローデヴェイクはまだ考えていた。

婚約を進めたいという気持ちに嘘はないが、やはり年齢差が気になってしまうのだ。本当に自分でいいのだろうか、と。今はよくてもこれからティルザには同年代の、もっと好きになる人物が現れるかもしれない。そうなったとき自分はどうするのか。

気を紛らわせるために書類を捲っていると執務室のドアがノックされた。

「殿下、ボルスト辺境伯令嬢が到着したとのことです」

「すぐ行く」

予定より早い、と時計を見ながらローデヴェイクは立ち上がる。

なぜか気が逸り、いつもよりも歩みが速くなっているのがわかった。馬車停まりに行くと視線が吸い付けられるようにティルザを見つけた。

すぐに声をかけようとしたローデヴェイクだったが、目の前の光景に足が止まってしまった。護衛と思われる辺境軍兵士の一人とティルザが親しげに話していたのだ。

年回りが同じくらいの少年兵のようだった。

内容までは聞こえないが、護衛と護衛対象というには距離が近く、二人の随分と砕けた表情からしてもともと仲が良いように見えた。

なによりティルザの弾けるような笑顔が幸せそうで眩しかった。

ローデヴェイクは先ほどまでの浮き立つような気持ちが消え、砂を噛んだような気持ちになっていた。

それが一般になんと呼ばれる感情なのか承知していたローデヴェイクは、気付かなかったように飲み込み、意識して口角を上げ一歩踏み出した。

「ティルザ嬢」

「……っ、ローデヴェイク様！」

ティルザはローデヴェイクを認めると駆けてきた。

両手を広げて勢いよく踏み切った彼女を見てぎょっとしたローデヴェイクは、慌てて走り寄りその細い身体を抱きとめた。

「……っ、相変わらず無茶をする」

なんとかティルザを抱きとめることに成功したローデヴェイクは、そっとティルザを下ろすとその秀でた額を人差し指で突いた。

「急に走っては危ない。怪我でもしたらどうする」

「すみません。でもローデヴェイク様のお姿を見たら、居ても立ってもいられなくて」

ローデヴェイクは、逢えた喜びを全身で表現するティルザの様子がまるで走れるようになったばかりの子犬のようだと思い、小さく咳払いをした。

「長旅で疲れただろう。すぐに旅装を解いて身体を休めるといい」

笑顔で頷くティルザをエスコートして歩き出すローデヴェイクだったが、視線の先に珍しい人物を認めて目を見張った。

「母上、いえ王妃殿下」

「……」

王妃が人の多い場所を出歩くのは非常に稀《まれ》だ。後ろに数人の侍女を連れている姿を見るのはいつぶりだろうか。

国王と不仲である彼女は、ほぼ公式の場にしか姿を見せなくなって久しい。

母である王妃は明言したことはないが、実の息子であるローデヴェイクとボルストの婚約にずっと難色を示していた。さんざん王の決定に抗《あらが》おうとしてきたにもかかわらず、結局ボルスト辺境伯の娘との婚約を受け入れた今のローデヴェイクにとってはどう接していいか戸惑う人物である。

「お久しぶりです、母上。お変わりないようでなによりです」

「お前も……。『それ』がボルストの？」

王妃は扇で口元を隠したままティルザを睥睨する。王妃のボルスト嫌いは皆が知っていた。ティルザが傷つかぬように守らねばと気を引き締め、隣でカーテシーのまま頭を垂れて言葉を待つ彼女の肩に触れる。

「はい、ティルザ・ボルスト辺境伯令嬢……私の婚約者です。ティルザ、ご挨拶を」

先ほどまでの子犬のような無邪気さはどこへやら、ティルザは長いまつ毛を伏せて淑女然として顔を上げた。

「初めてお目にかかります、王妃殿下。ボルスト辺境伯が一子、ティルザにございます」

優雅にして初々しい仕草、爽《さわ》やかな声音に王妃の侍女もほう、とため息をつく。淑女としてこれ以上ない完璧な挨拶にローデヴェイクを含め、皆が心を摑まれた。

しかし、王妃は違っていたようだ。

「ボルストのような田舎者を王太子の婚約者に据えるなど。昔話に固執した我が王家はいつになったら目が覚めるのやら」

歩み寄りのあの字もない辛辣《しんらつ》な物言いに、周囲に緊張が走る。特にボルストの兵士などは一様にピリ、と神経を尖《とが》らせたのがわかった。

「殿下、それは誠実なボルストに対してあんまりな言葉……取り消してくだ」

流石に母親とて見過ごせぬ、とローデヴェイクが声を上げるが、その言葉尻を爽やかな声が攫った。

「王妃殿下のご心配はごもっともです。わたくしもまだ田舎者のひよっこでございますれば、皆様の洗練された振る舞いにただただため息をつくばかりですもの。皆様がよろしければぜひ王都風の粋《いき》な装いや振る舞いをご教授願えれば幸甚でございます」

ティルザは媚びもへつらいもない、曇りない笑顔で再びこうべを垂れる。

普通の令嬢ならば、王妃の冷たい視線に晒《さら》されたら顔を青くして言葉を詰まらせるものだ。ティルザは辛らつな言葉を浴びてなお、笑ってみせた。

「……顔をあげよ、ティルザとやら」

「はい、殿下」

ティルザは眩しいものでも見るように王妃を見上げ、口許を薄く綻ばせている。その様子にこれがボルストの慈《いつく》しんだ令嬢かと、ローデヴェイクは胸が詰まる思いだった。

「姿に似合わず、肝が太いこと」

「お褒めにあずかり光栄でございます」

周囲がひやひやする中、王妃は興味を失ったのか、急に向きを変えた。

侍女たちはローデヴェイクに会釈をして、そそくさとそのあとに続いた。一行が見えなくなるとローデヴェイクはティルザと向き合い気遣うように手を取った。

「……すまない、ティルザ。母はボルストに対して少々複雑な感情を持っているのだ。あとで注意しておく」

ティルザに対してあのような態度は許せないが、母親の心情に鑑《かんが》みれば致し方なしと思える部分もある。ティルザを悲しませて申し訳ないと思う気持ちでいると、隣からほう、と場違いなほど満足げな声が聞こえた。

「あぁ……ローデヴェイク様がわたしのことをティルザと……。ああ、今日は記念日だわ！」

「ティ、ティルザ嬢？」

うっとりとローデヴェイクを見上げるティルザは、王妃からの仕打ちに全くへこんだ様子はなかった。

むしろローデヴェイクへの想いで膨張すらしているように感じられた。

「ローデヴェイク様、どうぞさっきのようにティルザと呼んでください」

「……んん、後でな……」

ローデヴェイクは自分への好意を隠そうともしないティルザに対して、更に心が傾いていくのを感じていた。

予定通りに国王との謁見の場に向かう。

王妃と想定外の遭遇のような緊迫感のある冷えた雰囲気にはならなかったものの、王太子の婚約者にとボルストの娘をと強く望んでいたくせにティルザに対して国王の対応はひどく素っ気なく、ローデヴェイクは苦々しい気持ちになる。しかしティルザは気にした様子もなく、無事に国王との謁見が終わったことに素直に安堵していた。

そんな健気《けなげ》なティルザを労《いた》わりたいと、ローデヴェイクは四阿《あずまや》で茶を飲みながら希望はないか尋ねた。それなりに個人資産を持っているため、多少の無理なら聞いてやれる、と大風呂敷を広げたローデヴェイクにティルザは顔を輝かせた。

「では、ローデヴェイク様と同じお部屋で寝起きしたいです」

「……っ、却下！」

ドレスや宝石をねだられるものとばかり思っていた自分はまだティルザを理解しきれていなかったと、発言を後悔するローデヴェイクであった。

「では、今夜一緒にお風呂など……お背中を流すことでお互いをよく知り……」

「……くっ、それも却下……っ」

忍耐力を試されているのかと額に手を当てると、遠くに補佐官であるアダムが見えた。ローデヴェイクはティルザに中座を詫びて小走りにアダムに近づくと、四阿からは見えないところまで引っ張っていって、肩を摑んで問うた。

「アダム、恋にのぼせて我を失っている令嬢を冷静にさせる方法を教えてくれ」

「惚気《のろけ》ですか、馬鹿馬鹿しい。私に言わせれば目の前の男も恋にのぼせて我を失っているように見えます。お似合いじゃないですか」

はたから見れば惚気以外の何物でもない。しかしローデヴェイクは真剣だった。

ティルザは大変可愛らしく、愛しく思う気持ちはあれど、すぐに己の肉欲をぶつけていいわけではない。

それでなくてもローデヴェイクには克服すべき大きな悩みがあるのだ。

苦痛に顔を歪ませるローデヴェイクを不憫《ふびん》そうに見つめたアダムは肩を竦めた。

「殿下が気にしているほど彼女がそれを気にするとは思えませんけれども。いいじゃないですか、辺境伯だって容認してくださっているんでしょう？」

言外に『やっちまえ』と煽《あお》ってくるアダムを睨《にら》みつけると、ローデヴェイクは顔を背ける。

「彼女が、……ティルザが純粋に私へ好意を寄せてくれているのはわかる。だがそれがもし勘違いで、身体を繋げたあとにそれに気付いたのであったら、私はどう責任を取ればいい

世の中には取り返しのつくものと、決して取り返しのつかないものがある。

ローデヴェイクはティルザが傷つき泣くことを恐れていた。

「……それは殿下が考えることではないでしょう。令嬢が負うべき責任まで殿下が背負ってどうされます。そんな扱いを、果たして令嬢は望んでいるのでしょうか」

突き放すようなアダムの物言いは、ローデヴェイクの神経を逆なでした。

「私は大人としてティルザを守る義務がある！　それに、グリーデルはボルストを決して貶めたりしない！」

そんなローデヴェイクの手を、アダムはやれやれと振り払う。

「令嬢が本当にそういう守られ方を望んでいると思うなら、そうしたらよろしいでしょう。ですが、もっとよく彼女を見て差し上げたほうがいいのではないですか？」

私は忙しいんです、と立ち去るアダムをローデヴェイクは恨めしそうに見たあと、気持ちを切り替えるようにかぶりを振った。

＊＊＊

もしかしたらアプローチが強すぎたかもしれない。

ティルザは想定よりもかなり真面目なローデヴェイクに思いを馳《は》せて小さく唸った。

ティルザの（偏《かたよ》った）知識では、あの年頃の男性は男盛りで性欲旺盛のはずだった。

（いや、もしかしたら逆に押しが足りないのかしら……？）

同衾もだめ、混浴もだめならばどんな方法で手を出してもらおう、と小首を傾げたティルザは四阿の前に一人の女性の姿を認めた。まるで夜会にでも参加するような妖艶なドレスを纏った妙齢の女性は、ティルザと視線が合うと片眉を上げて目を細めた。

「あなたがティルザ・ボルスト？」

「はい、そうですが……」

先に声をかけて名を呼んだということは、恐らく高位の貴族女性なのだろう。ティルザは女性の出方を待った。今回王城へ来るにあたってこの国の貴族の家名と当主と夫人の名前、令息令嬢の名前を憶えてきた。だがまだ社交もそれほどこなしていないため、名前と顔が一致していないからだ。

「ローデヴェイク様の婚約者だと言って大きな顔をしているようだけれど、あまり調子にのらないほうがいいわ」

豊かな胸を強調するように腕を組む女性はなぜか勝ち誇ったように口角を上げた。

「あの、失礼ですがあなたは……」

女の妙な自信に不安を感じたティルザが思わず口にすると女はふっ、と息を吐いた。

「わたくしはイサベラ・アグレル。ローデヴェイク様の初めての女よ」

「え……？」

ティルザは全身の血が音を立てて引く音を聞いた。

なにか言おうとしても喉は一瞬にして干上がったようになった。信じられない、と目を見開いたティルザを、イサベラは嘲《あざけ》るように笑い飛ばした。

「あははっ、なんなのその情けない顔！　あなたまさか、ローデヴェイク様がまだ誰とも寝ていないと思っていたの？　あぁ可笑しい、とんだお子様だわ……あなたみたいなのを相手にしなきゃいけないなんて、ローデヴェイク様がお可哀そう」

口許を扇で隠すも、笑いが止まらないようでイサベラはしつこく肩を震わせて笑っていた。人を小馬鹿にしたようなその態度に、さすがのティルザもカチンときた。優しくカーブした眉を吊り上げてこっそりとこぶしを握る。

「初めてとか、二番目とか……関係ないと思います。わたしとローデヴェイク様は深緑の森で互いの気持ちを確かめ合い、国王陛下にも承認された正式な婚約者同士です」

ここで引く道理はない、絶対に。

そう思うものの、イサベラはティルザよりもローデヴェイクと年回りが近い。自分と並ぶよりも似合いの二人に見えるかもしれない。

なにより身体の関係がある……ティルザはローデヴェイクが気にしていた年の差を、今やっと我がことして実感し、唇を噛んだ。

「女はもちろんそうだけれど、男も初めての相手は忘れられないものだというわ。特別なの……こんなことおぼこいお子様に言ってわかるかしら？」

イサベラはティルザが気にしていることを暴き、心臓に太くて長い針を突き刺してくる。ティルザは唇を噛みすぎて口の中に血の味がした。

「ああ、そんな怖い顔をしないで、いじめるつもりはないの。私はただ、お子様にローデヴェイク様のお相手は荷が重すぎると思って、助けてあげようとしているだけだから」

「……なにを、おっしゃりたいのかわかりません」

思いつく限りの罵詈雑言《ばりぞうごん》が口から飛び出しそうで、ティルザは必死に堪えて奥歯を噛んだ。そんなティルザの心情を知ってか知らずか、イサベラは楽しそうに扇を揺らす。

「あなたまだ十六なのでしょう？　そんなお子様がローデヴェイク様を満足させられるとは到底思えないわ。私がローデヴェイク様をそっちの面からお支えできると言っているの……なにしろ私には実績があるもの。悪い話ではないでしょう？」

ふふふ、と厭《いや》らしく笑うとイサベラは「よく考えておいてちょうだい」と言い捨てて身を翻《ひるがえ》した。

まるで自分の提案が通らないはずがないと確信しているような自信に満ちた後ろ姿を、ティルザは黙って見送ることしかできなかった。

「ティルザ？　どうし……」

ローデヴェイクが四阿に戻ってきたとき、ティルザはベンチに座って四阿の床をじっと見つめていた。一心不乱にタイルの数を数えているかのような真剣な眼差しに、ローデヴェイクは言葉を切った。

「ローデヴェイク様……」

タイルに落ちた影でローデヴェイクが戻ってきたことに気が付いたティルザは弱々しく顔を上げると神秘的な緑眼を潤ませた。

それに焦ったのはローデヴェイクである。

ティルザを悲しませることは本意ではない。アダムに言われるまでもなく、ローデヴェイクの中ではとうにティルザの存在が大きくなっているのだ。脳裏に兵士と楽しげにしていたティルザの顔がちらつく。

年相応の思いあう相手が出現したら身を引かなければと思う理性と、放してやれないと思う独占欲のようなものが交互に主張して苦さをもたらす。

「ティルザ……」

「ローデヴェイク様……、…………ぐ、…………しょう……今すぐ」

よく通るはずのティルザの声が掠れていた。ローデヴェイクはティルザの前に片膝をついて耳を傾けた。

「なんだって？」

「……今すぐ、まぐわいましょう……っ」

意を決したように眉を吊り上げたティルザの緑眼から一筋の涙がこぼれた。ローデヴェイクはなにに驚いていいのか数瞬迷い、そしてぎこちなくティルザの涙を指で拭った。

開放された空間である四阿ではいつ人が来るかしれない。

ローデヴェイクは場所を私室に移した。幸いティルザの涙はすぐに止まり、今は少し浮かない表情であることを除けばいつものティルザである。彼女の様子がいつもと違うことに気付いたシルケが、落ち着くようにとハーブティーを淹《い》れてくれた。

どうしたのかと慎重に尋ねるとティルザは静かに口を開いた。

「先ほどローデヴェイク様が席を外されたとき、イサベラ・アグレルという方がいらして」

イサベラの名を出した瞬間、ローデヴェイクが身を固くした。

それは顕著な変化で、ティルザは悲しげに眉を寄せた。

「……イサベラ様は自分がローデヴェイク様の初めての女だと、わたしではローデヴェイク様を満足させられないから助けてやる、と」

「……待て、ティルザ。それは」

ローデヴェイクが口許を覆うと顔を背けた。

ティルザにはそれがローデヴェイクとイサベラとの間に自分が知り得ない深いなにかがあるのだと、言外に匂わしているように感じた。

「……っ」

ティルザはソファから立ち上がると、向かい合って座るローデヴェイクの膝に乗り上げた。急なことに驚いたローデヴェイクはティルザの肩に手を置いてしきりに「待て、落ち着け」と繰り返した。

「これが……っ、これが落ち着いていられれましょうか！　わたしの最愛のローデヴェイク様を、他の女性から共有しろと言われたのですよ？　ローデヴェイク様は物ではありません！　それに……っ、初めての……わたしは初めてでも……ローデヴェイク様は、そうじゃなくて……っ」

ティルザは混乱していた。

ローデヴェイクの膝の上で彼の胸倉を掴んで前後に揺する。クラバットが乱れたがそれを気にすることもできないほどに動揺していた。

「嘘ですよね、ローデヴェイク様は童貞ですよね？　あの人の言うことはでたらめ……っ」

ローデヴェイクの身体を揺するティルザは、苦しそうに顔を歪ませる彼に気付いて息を呑んだ。そして目の前の男性をよくよく見た。

背が高く騎士として鍛えてもいるため、厚い胸板は頼りがいがあり、ティルザが抱きついても手が回り切らない。茶色い髪に暗褐色の瞳は優しげで、まるで屋敷にあるクマのヘンリーを思わせる。いつも凛々しいが笑うと親しげな雰囲気が増して魅力的で……とてもこの年まで経験がないとは思えなかった。

成長したティルザが彼と出会うまでに言い寄る女性は星の数ほどいただろう。

その中の誰かと関係を持ったことを不実だと詰ることはできない。

健康な男子であり、子を成さねばならぬ義務を負う王太子であるローデヴェイクの事情を考えればなおのことだ。

だが、頭ではわかっていてもティルザは視界が涙で歪んでいくのを感じた。

「わたし……どうしてもっと早く生まれなかったのかなあ……っ」

決して縮まることのない年の差に、ティルザは目の前が暗くなるようだった。

これまで意識的に考えないようにしていたが、イサベラの出現でもう誤魔化すことができなくなってしまった。

ローデヴェイクは自分だけの存在ではない。

それは当然のことだったが、今のティルザにはそれが重くのしかかった。

「ふ、……っ、うぅ……っ」

とうとう堪えきれず、ティルザは摑んだ胸倉に顔を押し付けて泣き出してしまった。

こんなことをしてはローデヴェイクを困らせるだけだとわかっていたが、涙はとめどなく溢れる。

ローデヴェイクは優しい。

年の差がある自分のこともきちんと淑女として扱ってくれている。

それに、二人は公的に認められた婚約者同士だ。立場的にもティルザはローデヴェイクの女性経験を知ってなお、鷹揚《おうよう》でいなければならない。

わかっている。だがわかっていても涙が出るのだ。

ティルザはローデヴェイクのシャツが涙を吸い込んでいくのを知りながら彼に縋った。

「ティルザ」

低い声が耳元で彼女の名を呼び、次いで逞《たくま》しい腕がティルザの細い身体を抱きしめた。

密着する身体が、ティルザの涙を止める。

「ティルザ、泣かないでくれ……そんなに泣いたら、綺麗な瞳が溶けてなくなってしまう」

ローデヴェイクの声は、鼓膜だけではなく身体の隅々まで響くようだった。その心地よい響きにティルザが涙に濡れた顔を上げると瞼にキスが落とされた。

「ティルザ、すまない。話さないことで君を悲しませてしまった」

両の瞼に落とされたキスを受け止めて、ティルザは嬉しい反面これから語られる事実に正面から向き合わなければならないと覚悟を決めた。

ローデヴェイクの今までの女性遍歴が語られるのだろう。

腸《はらわた》がよじれるほどの苦痛を覚悟したティルザの耳に飛び込んできたのは、思ってもみない告白だった。

「イサベラ殿は確かに、私が十七歳のときに選定された……閨指南の相手役だった女性だ。だが、私は……その、若さもあり……それを完璧に習得することが、できなかった」

イサベラは一度結婚してアグレル子爵家を出たが、寡婦となったことから王太子の閨指南役に選出された。現在は王城近くの小さな邸に暮らしている。

ローデヴェイクの発言の前半を「あぁ、やっぱり……！」と悲しい気持ちで聞いていたティルザは、それに続く後半の言葉を聞いて、「ん？」と首を傾げた。

完璧に習得することが、できなかった。

その言葉が指し示す意味を、ティルザはよくよく考えた。

そして歓喜の声を上げた。

「そ、それは……最後まで致していないということですか！　つまりローデヴェイク様は童て……」

男性における純潔を表す言葉を、ティルザは最後まで口にすることができなかった。

ローデヴェイクの唇で言葉を封じられてしまったのだ。

驚いて目を剝《む》くティルザには、瞼を伏せて口付けをするローデヴェイクの顔が映っていた。それにあぁ素敵などとうっとりしていると、瞼がおもむろに持ち上がり、暗褐色の瞳がティルザを捉えた。

（……っ！）

至近距離で絡まった視線を解くことができず、ティルザはローデヴェイクと見つめ合ったまま唇を重ねた。

角度を変えて何度も押し付けられるそれは、ティルザの予想以上に熱く柔らかだった。やがて少々強引に舌がティルザの唇を割り口腔に侵入してきたときも、ローデヴェイクは視線を逸らさなかった。

戸惑うティルザの舌を絡めとり擦り合わせ、吸い付く。ティルザは家族のキス以外の激しいキスを混乱のうちに受けた。

「……っふ、あっ」

ようやく唇が離れたときには、ティルザの呼吸は乱れ、身体はぐったりとローデヴェイクにすっかり凭《もた》れさせた。

「……当時の私は己を御することができずに、イサベラ殿の見ている前で……果ててしまい、そのあとは羞恥と情けなさで再び行為に及ぶことができず」

淡々と語るローデヴェイクだったが、それは男性にとっては生涯隠しておきたい事実だったに違いない。話しぶりから察するに『失敗』してしまったローデヴェイクは、その後同じような行為に及ぶことはなかったのだろう。ティルザはローデヴェイクの苦々しい表情の真意を知った。

「ごめんなさい、ローデヴェイク様。わたし、嫉妬《しっと》のあまり言いにくいことを言わせてしまって……」

己の醜《みにく》い独占欲がローデヴェイクの秘密を暴いてしまうことになるなどとは、想像することもできなかった自分が恨めしい。

しかしローデヴェイクは眉を下げながらいいや、と首を横に振る。

「自分の見栄のために君を不用意に悲しませてしまった。ティルザに情けないと思われたくなかった肝の小さい男など、幻滅しただろう？」

覗き込むようなローデヴェイクの視線に、ティルザは胸がきゅんと締め付けられた。逞しく男らしいローデヴェイクが急に可愛らしく見えたのだ。

ぎゅうぎゅうに抱きしめたい、となったこともないのに母親のような気持ちが芽生えた。

(これが、母性……！)

ティルザは両手でローデヴェイクの頬を包み込むと、触れるだけのキスをした。

「ううん、そんなことないです。わたしもローデヴェイク様の初めてじゃないなんて嫌だ、なんて物わかりの悪い女で……幻滅しました？」

額を擦り合わせて問うと、ティルザに回された腕に力が込められた。

「いいや。あれ以来、私は自分を女性に満足を与えることができない欠陥品だと思ってきた。だから君に申し訳ないとばかり」

「まあ、あの言葉はそういう意味だったのですか？」

前回王城に来たときに突き放すように発した言葉の真意を知り、ティルザは唇を尖らせる。ティルザにとってローデヴェイクは初恋の君で、二度目の恋の相手で、最愛の人なのだ。それくらいで怯むと思ってもらっては困る。

「たとえローデヴェイク様がそうであっても、わたしが満足しないなんてことありませんわ！　それにシルケによれば男女のまぐわいにはいろいろあって……」

ティルザは両手を卑猥《ひわい》に動かしこうしてこう……、とそういう男性への処し方を解説し始めた。そのあまりにあけすけな仕草に、ローデヴェイクは微かに目の際を赤らめて顔を背けた。どうやら盛大に照れているらしい。大きな手のひらでやんわりとティルザの手を包んで卑猥な動きを止めさせた。

「ティ、ティルザが勉強熱心なのはよくわかった。今は大丈夫だから。それに私だって今までなにもしなかったわけではない。もし君がよければ」

ローデヴェイクは閨の実技に入る前に、王家に伝わる秘伝の指南書で知識を習得したこと、それに騎士団ではその手の話で盛り上がることが多く、そこでたくさんの情報を得たことを生真面目に語る。

「それに目の前に愛しく思う女性がいて、相手もそう思ってくれているとなると、自然に身体が動くのだ。もとより興奮は抑えられるものではない」

ローデヴェイクは大きな手のひらをティルザの肩にかけ、そこからゆっくりと身体の側面を確かめるように降ろしていく。胸の膨らみを掠めコルセットできつく締められた腰のくびれを摑み引き寄せると、互いの下腹部が押し付けられた体勢になる。

「……っ！」

ソファに腰掛けたローデヴェイクの膝に乗り上げ跨るようにしていたティルザは自分がいかに男性に対して無防備な格好をしているのか、ようやく思い至った。

「君の言葉を借りるなら……『今、ここでまぐわいたい』のだが」

「は、……はい……っ」

ドロワーズ越しにローデヴェイクの熱塊が脈動したのがわかり、ティルザは身体中から汗が噴き出る心地だった。

場所をベッドに移して背中のボタンを一つ一つ外されるのを待っている間、ティルザは心臓が肋骨を突き破って出てきてしまうのではないかと思って胸を押さえていた。実際にそんなことはありえないのだが、ティルザは酷く混乱していた。

（ど、どうしてドレスを脱がされるだけで、こんなに恥ずかしいのかしら？）

当然ではあるが、シルケや屋敷のメイドに着替えはおろか風呂まで世話になっているティルザは、他人に身体を見られることに羞恥を感じることがなかった。

同じことなのに、相手がローデヴェイクだというだけで服を脱ぐことが全く別の行為のように感じられる。

（いいえ、愛する人とまぐわうために肌を隅々まで晒すということはこういうことなのね。単に服を脱ぐのではなく、気持ちまで全て相手に晒して確かめ合う行為……。着替えやお風呂とは全然違うのだわ。それに）

ティルザは見えなくとも背後のローデヴェイクの視線を痛いほど感じていた。時折熱い息が肌を撫でるたびにぞくりと粟立つ。なんの変哲もない背中なのに、ローデヴェイクが凝視しているというだけで火照るような、熱に浮かされるような、まるで精神が身体から少し浮き上がってしまったような興奮を感じる。

そうこうしているうちにドレスが肩から落ちた。ビクリ、と肩が大袈裟なほどに反応した。ローデヴェイクがうなじにキスをしたのである。

ボタンを外しやすいように、と長い黒髪を前に流していたティルザはそんなつもりはなかったのに、とつい抗議の声を上げる。

「ロ、ローデヴェイク様、悪戯《いたずら》はおやめください……っ」

緊張のあまり少しきつい物言いになってしまい、ハッと口許を押さえるが言われたローデヴェイクはさして気にも留めない様子でコルセットの紐を緩める。

「ティルザ、これくらいで驚いていては先が持たないぞ。なにしろ私は初めてだからな。一つ一つ確かめながら進めていくつもりだ。君には最後まで、私の行為におかしなところがないか確認のために付き合ってもらわねば」

驚いて振り返るティルザは唇を引き結ぶローデヴェイクと目が合って息を呑む。

いつもの凛々しくも優しい瞳に情欲の炎を宿した初恋の君は、ティルザの心臓の真ん中を再び射抜いてしまったのだ。

「は、はい……っ！　最後までお付き合いさせていただきます……！」

気のきいたことを言おうと考えることもできず、ティルザが上擦った声で宣言すると、楽しそうに目を細めるローデヴェイクから不意打ちのキスをされて、ふにゃふにゃになってしまった。

（ローデヴェイク様、本当に初めてなのかしら？　ず、随分手慣れているわ……っ）

ローデヴェイクの手のひらは大きかった。生まれたままの姿になったティルザの胸をすっぽりと覆ってしまう。

それなりにあるほうだと思っていたティルザは足りなかったのかと焦ったが冷静な考えはすぐに官能に押し流されてしまった。正面から覆いかぶさられ、キスをしながら胸をまさぐられ乳嘴《にゅうし》を捏《こ》ねられると、言葉が泡のように消えてしまう。

「あっ、はぁ……っ、ローデヴェイク様……そ、そんなにしたら……っ」

乳嘴が硬く尖るような感覚に怖くなったティルザは怯えたような声でローデヴェイクに縋る。自分の中でなにかが変わってしまうような気がしたのだ。

「痛いか？　どうしてほしいか言ってくれ」

キスの合間にローデヴェイクが囁く。だが希望を口にすることができずに、ティルザはもごもごと口ごもる。

胸を具体的にああしてほしい、こうしてほしいなど、ティルザは今まで考えたこともなかった。床入り後の作法については、淑女教育の一環で基本は習ったし、シルケと共にそういう書物で応用編も自主的に勉強したティルザだった。

（でも、聞かれるなんて想定してなかった……っ！）

どう答えたらいいのかわからなくて、ティルザが小さく唸ると、ローデヴェイクが助け舟を出した。

「ではティルザ。私の質問に答えてくれ……これは、痛いか？」

大きな手のひらがティルザの胸を柔らかく揉み込んだ。指を広げて乳嘴を避けるように指を動かす。

「いいえ、痛くないです……」

ムニムニとローデヴェイクの手で形を変える乳房がいつも見ているものと違うように見

えて、ティルザは頬が熱くなるのを感じた。

「あっ……、ああ……」

触れている手のひらが熱くて、ティルザは思わず声を漏らした。徐々に身体が解れてきたようだった。それを見計らったのか、ローデヴェイクがティルザの胸に顔を寄せ、赤く尖る乳嘴に息を吹きかけた。

「ひゃ！」

「なるほど、君のここは酷く敏感そうだ。私の無骨な指で触れては痛いのも道理だ」

ローデヴェイクはおもむろに唇を舌で舐めて湿らすと、ティルザの乳嘴を口に含んだ。

「ひゃ、あ、……っロ、ローデヴェイクさ、あぁ……っ！」

手のひらよりも熱い口内に招き入れられたティルザは身体を大きく跳ねさせた。感じたことのない快感のうねりがティルザの身体を駆け巡っていた。しかしローデヴェイクはさらに追い打ちをかけるように舌で舐めたり、吸い上げたりしてティルザを翻弄した。

男女の営《いとな》みではそういうことをするのだと知っていたティルザも、実際にされると快感に飲み込まれてしまい、どうしていいかわからなくなる。

ただただ愛しいの人の名を呼んでしまう。

「あっ、ローデヴェイク様……っ」

「いいかいやか、言ってくれ。私も不慣れなので君の嫌がることはしたくないのだ」

胸の先へ口を寄せたり、喘《あえ》ぐティルザの唇を塞いだり、ローデヴェイクは初心者と思えないほどに様々な方法でティルザを翻弄する。

そうなるとティルザの口からは意味をなさない言葉の切れ端しか出てこない。

自分は一体どうなってしまったのか、と不安になるが空気に溶けそうになる意識は他でもないローデヴェイクにもたらされる刺激で再びひとまとめになる。

彼は絶え間なくティルザの肌に触れた。優しく触れていても手のひらには剣を握る者特有の皮膚の硬さがあり、不意にティルザを悶《もだ》えさせる。

「あっ……、ふ、ぅ……ん、んっ」

ローデヴェイクが触れるところに順に熱が灯されていく。熱は引くことなく上昇する一方でティルザの本能をむき出しにしていく。そしてとうとうローデヴェイクがティルザの下腹を撫ぜた。

「……っ！」

反射的に内腿に力が入るティルザの腿を手の甲でそっと撫で、ローデヴェイクが囁く。

「脚を閉じないで、すべて私に見せて」

それは無理だ、恥ずかしすぎる！　と即座に首を振ろうとしたティルザは、彼を見て腹の奥がずきりと痛むほどに疼いた。ローデヴェイクは目の際を赤く染め、暗褐色の瞳を潤ませてなにかに耐えていた。

荒い息を時折詰めるようにするのも我慢している証だろう。

(なにかって……あれよね、……しゃ、射せ……わ、わぁっ！)

ちらりと視線を下げるとローデヴェイクの前立てが窮屈そうに膨らんでいる。知識でしか知らないそれが、今目の前で確かに息をしている。

それも、ティルザに性的な魅力を感じて。

ティルザは恥ずかしさを堪えて脚を持ち上げ、ローデヴェイクの進むべき道を示すようにゆっくりと開くと、既にたっぷりとあわいを濡らす蜜が、つとシーツに落ちた。

ローデヴェイクの喉が鳴ったのを見て、ティルザの身体の中をゾクゾクとしたものが駆け抜けていった。

「ロ、ローデヴェイク様……っ」

「……触れても？」

低い声になんとか頷くと、慎ましく閉じた花弁をなぞるように優しく、しかし徐々に大胆に指を動かされ、ティルザは堪らず声を上げた。

「ふ、あ……、あぁっ」

びくびくと腰が戦慄《わなな》くのを止められない。指は襞《ひだ》に分け入り雫を纏って蜜洞を探る。

ローデヴェイクが痛くはないかと尋ねてくれた気がするが、何層もの膜の外から聞かれたようでティルザはよくわからなかった。

訳もわからず、何度も首肯したような気がする。ただ、身体の制御がきかず、あわいを甘く苛むものをきゅうきゅうと締め付けていることはわかった。

(あぁ、もうなにがなんだかわからない……！)

上下も不確かな中で、一つだけ確かな感覚……蜜洞の奥をぐに、と押された瞬間にティルザの中で鮮烈な快感が弾けた。

「ひゃ、あ、……あぁっ！」

自分を覆っていた膜がシャボンのように破裂した気がした。夢から醒《さ》めたような気分でローデヴェイクを見上げるとすぐに唇を塞がれた。

「あの、わたしいま……？」

口付けに応えながらもやけに身体が怠い。独り言のつもりだったがローデヴェイクがそれに答えた。

「ああ、極まったね。大丈夫か？」

額にかかった髪を撫でつけて額にもキスを落とすローデヴェイクの言葉に、ティルザがぼんやりと思考する。

(極まった……わたし、きわま……？)

「イッたのですか？　今のが？」

シルケが言っていた。

秘密の花園を殿方が指や舌でくすぐると『イクイクイッちゃう！』……というふうになるらしい、と。

ああ、言われてみればそんな感じだった、とティルザが頷いているとローデヴェイクが再び唇を塞いでくる。舌を絡ませあうキスにもずいぶん慣れた。時間をかけて隘路を慣らしたローデヴェイクはおもむろに指を抜き、シャツを乱暴に脱いだ。

「ローデヴェイク様……っ」

鍛えられた騎士の身体は見惚れるほどに美しかった。

ティルザも領内の兵士が訓練で上半身裸になっているところを見たことがあるが、こんなにも目を引き付けられる裸体は初めてだった。

「はぁ……、ローデヴェイク様綺麗……っ」

「なにを言う。君のほうが何倍も綺麗だ。それにとても可愛らしい」

脱いだシャツをベッドの下に無造作に落とすとティルザの唇を奪う。ねっとりと舐め、舌を差し込む。絡ませた舌を吸い上げ、最後にちゅう、と唇に吸い付いて微笑むとローデヴェイクはトラウザーズの前を寛《くつろ》げた。

前立てを押し上げていた昂《たか》ぶりはぬらぬらと透明な雫を纏い淫《みだ》らに濡れていた。耐え難い快感を何度耐えたのだろうか。それを考えるとティルザの蜜洞がひくり、と反応する。開いているのに固く閉じているような感覚は、いかにも物欲しげだ。

「ティルザ……いいか？」

ローデヴェイクはクッションを掴むとティルザの腰の下に宛がい、雄芯を擦り付ける。淫らな水音に鼓膜を犯されながら、ティルザは恐怖なのか期待なのかわからない感覚にびくびくと腰を揺らした。

「あっ、は……はい……」

待ち望んだものがとうとう与えられるのだ、と思うと喉が引き攣《つ》って声が震えた。恐れているのではない、期待に打ち震えているのだと思うのに、どこかで怯んでいる自分もいたことに、ティルザは純粋に驚いた。

「少し痛いかもしれないが、優しくする……」

触れるだけのキスをして、ローデヴェイクが猛る雄芯をティルザの濡れそぼつあわいに擦り付けた。タイミングを窺うように上から下まで割れ目をなぞる切っ先が柔らかい肉襞をゆっくりと押し開いていく。

「っ！」

息を呑んだティルザに対する配慮だろう、あやすように入口を何度も行きつ戻りつする動きはじれったくもくすぐったく、ティルザは身動ぎした。

「痛いか？」

ローデヴェイクが腰を引くとティルザの裡から雄芯が出て行った。あまりの素早さにティルザは驚きの声を上げた。

「あんっ！　ローデヴェイク様……抜いちゃダメ！」

「しかし痛いのだろう？　無理をしては……」

ローデヴェイクが心優しい人物で、自分が大事にされていると十分にわかっているティルザだったが、この場面では強引に来てほしかった。

「痛くないです！　それに、どうせ破瓜のときは血が出るのですから、いいのです！」

そう断じるとティルザはどこで覚えたのか、両脚を交差させてローデヴェイクの腰を逃がすまいと固定した。

「お願いローデヴェイク様、もう一度……今度は奥まできて……っ」

「……っ、ティルザ、君って人は、もう……っ」

必死な様子に苦笑したローデヴェイクだったが、ティルザの脚を撫でて外させると細い腰を両側から掴んだ。

「あぁ……っ！」

「ティルザ。そこまでしたからにはもう途中で止まってやれないぞ。覚悟はいいか」

挑むような視線にティルザはゴクリと喉を鳴らした。

「もちろんです！」

さあ来い、と腕を伸ばしてローデヴェイクの首にしがみつく。

二人は何度目かわからないキスをして、そして身体を重ねた。

先端だけではなく、ローデヴェイクの全てをその身に収めきるのは生半可なことではなかった。逞しい身体に見合った雄芯はミリミリと華奢なティルザの蜜洞を犯す。

限界まで広げた股関節周りが軋んで悲鳴を上げたし、受け入れた箇所がやはりとても痛かった。

あまりの痛さに入れる場所を間違えているのではないかと疑ったティルザだったが、奥まで突き入れられ腰骨がごつ、とぶつかったことで間違いではなかったようだと安堵した。

安堵したはいいが、とてもではないが身動きできるとは思えなかった。

なにしろ華奢な作りのティルザの狭い蜜洞に、無理やりに入れたローデヴェイクの雄芯はもはや抜けないだろうと思うほどに隙間なく埋め込まれていたからだ。

「ティルザ、大丈夫か……」

「……っ、あ、うぅ……」

大丈夫だとにっこり笑ってローデヴェイクを安心させたい。しかし蜜洞は意識とは別の回路で動いているのか、ローデヴェイクを咥えこんでひくひくとうねり、まるで何かをねだるように彼を締め付けた。

「……くっ」

その刺激に顔を歪ませたローデヴェイクが息を詰める。我慢に我慢を重ねたローデヴェイクの顔がティルザを更に刺激する。

（あぁ、ローデヴェイク様、悩ましげなお顔……好き……っ！）

脳と蜜洞が直結してしまったティルザの中はきゅうう、とうねり、ローデヴェイクの雄芯に絡みつく。本人はそう思ってはいないが本能は子種を搾り取ろうとしているのだ。

「……っ、ティルザ……」

「は……っ、あ、ああっ」

ローデヴェイクは突然性急に腰を引いた。長大な雄芯がずるりと内臓ごと引き摺るように入口付近まで引かれ、またすぐに奥を穿つ。奥を捏ねるように小刻みに何度も先端を押し付ける。

「ひゃ、あっ、待って、ローデ……ん、あぁっ！」

その声が届かないのか、ローデヴェイクの動きは激しさを増し、肉がぶつかる音と、愛蜜が掻き回され泡立つ音が淫らに耳を打つ。

「ティルザ……っ」

ローデヴェイクが掠れた声でティルザを呼ぶと、一際奥を抉った。ティルザは目の前に太陽が落ちてきたような激しい明滅を感じ、よりきつく雄芯を締め付けた。

（ああ、また極まってしまう……っ）

視界が真っ白に灼かれ、そのまま感じたことのないような快楽の波に飲み込まれる瞬間、ティルザを圧迫し激しく突いていたものが強引に引き抜かれた。

（……えっ？）

内壁を擦る快感を得るのとは別の意識で、ティルザが疑問を持った瞬間、腹の上に熱い白濁が放たれた。びゅく、びゅくと何度かに分けてティルザの腹を汚したそれはローデヴェイクの子種だった。

（ローデヴェイク様、どうして……？）

初めて子種を受けるのが身の裡ではなく腹の上だとは思いもよらず、ティルザは動揺したが、それを上回る疲労のため、気を失うように眠りに落ちていった。

＊＊＊

「……くっ」

白濁をすべて出しきったローデヴェイクは恐ろしいほどの恍惚と虚脱感に襲われていた。

荒い息で重い頭を起こしてみると、目の前には薄い腹の上にローデヴェイクの劣情を受け止めた女王の愛し子がいた。

（……いや、私のティルザだ）

この世でもっとも女神に近い場所にいる尊い緑眼の娘が自分のものだという仄暗い喜び

がローデヴェイクを満たしていた。

自分を厭うことなくまっすぐな愛を伝えてくる、得難き女性。

ローデヴェイクはティルザに想われていることを誇らしく感じていた。

脳裏には同じような年回りの兵士と仲良く談笑するティルザが浮かんでいる。年相応の相手と、年相応の恋愛をして幸せになるのが、彼女には似合っているのかもしれない。

だが、もう遅い。

ティルザの全ては私がもらい受ける。

もう手放すことなどできない。

ローデヴェイクは乱れたシーツでティルザの腹を汚した白濁を拭きとる。本当なら思うままティルザの中に精を放ちたかった。

しかしローデヴェイクはすんでのところでその強力な誘惑を組み伏せた。今はまだそのときではない。自分にはまだ解決しなければならない問題がある。

脳裏に、いつも厳しい表情をしている母親の顔がちらついた。

メイドにベッドを片付けさせている間に清潔なタオルでティルザの身を清め、新しい夜着で包んで抱きしめる。

ローデヴェイクはティルザを抱いたまましばらく満ち足りたように目を閉じていたが、

アダムに呼ばれて仕方なくティルザの身をベッドに横たえた。

私室から執務室に移動する間、アダムがニヤニヤしながら祝いの言葉を述べるのをうわの空で聞いていた。

（どうやってティルザを自分に縛り付けておけばいいだろう）

祝福に狼狽えるローデヴェイクを揶揄おうとしていたアダムは、思っていた反応が得られずに拍子抜けしたように眉を下げる。しかしすぐに仕事用の顔になると、緊急に入った情報を伝える。

「南部でよくない兆候だ。今年は干ばつになるかもしれない」

その知らせにローデヴェイクは苦悩の色を濃くした。

南部のアグレル領は水源に乏しく、晴天が続くと干ばつの危険が高まる。水源をめぐって諍いが起き、暴動の危険も孕んでいる地域のことを思うと頭が痛い。

それに、アグレル領はあのイサベラの実家である。ここは以前から問題のある土地だった。豊作の年には備蓄するように指導しているのだが、どういうわけか備蓄させてもすぐに枯渇させてしまうのだ。

「水源の調査と備蓄の状況確認を早急に頼む」

「はい」

アダムは一礼して執務室を出て行く。

窓の外に目をやるとまだ仕事を終えるには早い時間だった。陽の高いうちから欲望のままにティルザを抱いてしまったことに申し訳なさを感じる。

（本当に彼女の身を案じる大人であれば、昼中から初めてを奪うように抱いたりはしないのではないか）

自分の行いがひどく身勝手なものに思えて、罪悪感に苛まれる。

本当にティルザのことを思うのならば、最後まで奪わずにいてやったほうがいいに決まっている。

（しかし、あの女神のようなティルザの美しさ、激しいほどの好意を寄せられて誘惑を退けられる者がいるか……いや、いないだろう）

考えれば考えるほど己の浅ましさや未熟さに打ちのめされることになり、ローデヴェイクは眉間にしわを寄せながら低く唸る。

後ろめたさをうやむやにするように、ローデヴェイクは過去のアグレル領や干ばつの資料を熱心に捲った。

4・誘拐

ティルザと身体を重ねた日以来、ローデヴェイクは己の内に渦巻く激しい独占欲を抑え込み適切な距離を置きつつも、婚約者として寂しい思いをさせぬようバランスをとりながら執務をこなしていた。

(この日付、どこかで……)

アグレル領やその近辺で起こった干ばつの調査資料を確認していたローデヴェイクはよく似た日付をほかの書類で見た気がして、それがいつであったかなんの書類であったかを思い出そうと首を捻っていた。

日付だけならば偶然一致することは特段珍しいことではない。だが、なぜかその日付が頭の隅に引っかかるのだ。

ローデヴェイクはアグレル領の過去の資料も取り寄せて、数十年分を遡《さかのぼ》って確認する。

するとアグレル領では根本的な対応がなされないまま、数年おきに災害に見舞われていることがわかった。特に二、三十年前は状態がひどく、餓死者まで出たと記録にあって、ローデヴェイクは眉を寄せた。

（なぜこれが放置されていたのだ？　まるで無策ではないか）

アグレルは深緑の女王の膝元であるボルストのような、豊かな森と水源がある領ではない。国として自然災害への対策として備蓄を指導しているが、アグレルではなぜかいつも備蓄が枯渇してしまう。備蓄が足りないのか他に問題があるのか。

ローデヴェイクの中で、ふとなにかが思考に引っかかった。それを逃さぬよう、慎重に記憶の糸を手繰《たぐ》る。

「……あれは確か」

アグレル領に起きる災害の時期と手繰った記憶が重なる。ひらめきが消えないうちに、とローデヴェイクは慌てて別の資料を山の中から探す。あまりに慌てすぎて積み重ねた資料の山を崩してアダムに注意されたが、それも気にならないほどに集中していた。

探し出した資料からついにそれを見つけた。

「これだ！」

「どうしたんですか急に」

落ちた大量の資料を拾いながら、アダムが問いかける。ローデヴェイクが食い入るように見ているのはボルスト領の報告書だ。アグレル領の干ばつとは関係ないのになぜ？　と怪訝に思いながら、アダムは資料を覗き見た。

「ボルストがどうしたっていうんですか」

「……アダム、ここを見てくれ。ボルスト領で女児が行方不明になる事件だ」

昔ローデヴェイクが身分を隠して参加したボルスト領での演習の際に同行の騎士から聞いた、連続行方不明事件のあらましだった。未だ解決していないそれは数年おきに発生している。

ローデヴェイクはボルスト領の事件資料の横に、アグレル領の過去の干ばつの報告書を並べた。ローデヴェイクが指し示すのは発生時期だ。アグレル領付近で干ばつの兆候があったり、大規模な干ばつが発生した直後にボルスト領で行方不明事件が起こっている。

「……まさか」

アダムは瞠目するが、すぐにかぶりを振る。

「ですが、子供の行方不明事件は、なにもボルスト領に限ったことではないでしょう？」

関連付けるのは早計ではないかと顔を上げたアダムに、ローデヴェイクは資料を追加していく。

「確かにボルスト領に限らず、他の地域でも行方不明事件は発生している。だが、その多くは迷子や家出、犯罪に巻き込まれたものでほとんどが解決している。未解決はごくわずかだ。それに発生時期は干ばつに関係なく、一致しない」

他の領に比べてボルスト領の治安が悪いわけではない。むしろ治安はどこよりもいい。

「……誰かが干ばつの時期に、なんらかの目的をもってボルストの子供を『誘拐』していると？」

アダムが声を潜めた。ローデヴェイクは眉を顰めて資料を閉じた。

「偶然であればいいのだが、一応調べてくれないか。アグレル領というのも気になる」

脳裏に浮かんだ派手な身なりの女性を意識して追い出すと、ローデヴェイクは息を吐く。

なにやら嫌な予感がする。資料を抱えて出て行ったアダムを見送り、ローデヴェイクは考えを整理するために剣を振ろうと庭に向かう。

忘れられた王妃の庭。ローデヴェイク以外におとずれる人もない、芝生が植えられただけの殺風景な庭だ。その背景を思うといつも気が沈む。

幼い頃は両親の不仲は自分のせいなのではないかという気持ちを振り払うように、いつもがむしゃらに剣を振っていたものだ。

隠してある剣を手に取ってローデヴェイクが庭の奥へ進むと、がさ、と音がした。

「誰だ！」

「きゃあ！」

ローデヴェイクの誰何する声に悲鳴で答えたのは、庭の隅でシルケと座りこんでいるティルザだった。

まさかこんなところにティルザがいるとは思いもしなかったローデヴェイクは驚いて座り込んだままの彼女に手を差し出しながら尋ねた。

「ティルザ？　ここでなにを？」

「ここにとてもいい芝が植えられていたので。あと、境界に植えられたボックスウッドの状態がとてもよく……！　ここでお茶会を開いたら素敵だと思って」

ティルザは女王に愛された娘の名に相応しく、ローデヴェイクがただの草、ただの木と気にも留めないものに対しても目が行くのだろう。

「もしかして、勝手に入ってはいけないところでしたか？」

感心して無言になったローデヴェイクを怖々と見上げるティルザはいつになく弱気に見えて気持ちがくすぐられた。抱きしめたい気持ちを堪え咳払いをすると、シルケがニチャアと口角を上げたのが目に入った。

「ごほん。……ここは本来王妃の庭と呼ばれるところだが、今は使われていない。時々私が鍛錬に使う程度で」

「王妃の庭、ということはローデヴェイク様のお母様のものなのですね。王妃殿下はお庭をあまり好まれないのですか？」

純粋な疑問からそう聞いたのであろうティルザに、ローデヴェイクはどう返事をするか逡巡する。

かつて、母である王妃は、ボルストではないという、自分ではどうしようもない事でひどく矜持を傷つけられた。それが理由であると直接聞いたわけではないが、この庭に王妃が来ることはない。

「ああ、母は庭を好まれない」

いずれはティルザにも伝えておくべきことだが、今はそう言うにとどめた。ローデヴェイクの腕にティルザが遠慮がちに触れる。

「実は今度、王妃様と親交を深めるためにささやかなガーデンパーティーを企画してみようかと思っていたのですが……」

「それは……二重の意味でやめておいたほうがいい、かもしれないな」

初見で王妃に冷たくあしらわれたのに、そのことをまるで気にしていないようなティルザの考えをやんわりと否定すると気を逸らすように肩を抱いた。

「母上とのことは急がなくてもゆっくりでいい。ティルザのことを知ってもらえばきっと大丈夫だから。それよりもいつからここにいたのだ？　肩が冷えている。シルケ、なにか羽織るものを持ってきてくれ」

「はい」

すすす、と音もなくシルケがいなくなると、ティルザがローデヴェイクに身を預けた。

「ローデヴェイク様とくっついていればこれくらい大丈夫なのですけど」

「……それは」

身体を繋げた二人特有の甘い雰囲気が辺りを包んだそのとき、張りのある声が聞こえた。

「ここはそなたたちが乳繰り合うためにあけてある場所ではない」

偶然通りかかったのだろうか、侍女を連れた王妃が庭の入り口に立っていた。普段は近寄りもしない庭なのに今日に限ってなぜ、と内心舌打ちをしたくなる。ローデヴェイクは、苦々しい表情で眉間にしわを寄せた。

「……母上」

「王妃殿下……っ、申し訳ございません」

慌ててこうべを垂れるティルザを睥睨すると、王妃は足早に回廊へ戻っていった。振り返ることなく去った王妃の姿にティルザが項垂れる。

「やはり勝手に入ってはいけなかったのですね……すみません」

「いや、母がすまない」

これから王太子の婚約者として、そして王太子妃として王城で一緒に生活することになるというのに、少しくらい歩み寄ってくれても、と王妃にモヤモヤとしたものを抱えたローデヴェイクは、わかりやすく話題を変えた。

「そういえばティルザ、ボルスト領の連続行方不明事件のことなのだが……」

　ボルスト領ではどう認知されているのか確認したくてした質問だったが、ティルザが顔を歪めそのたぐいまれな緑眼を潤ませたことにぎょっとした。

「ええ、痛ましいことです。行方不明者の家族は今も帰りをずっと待っていますし、もちろん軍でも引き続き捜索と警戒を続けています。平和なボルスト領でいったいなぜ、と不思議でならないのですが……。何十年も見つからない家族などは、どんな形でもいいから戻ってきてほしい、と涙を流すのです。本当に、見つけてあげられないのが申し訳なくて」

　ティルザは行方不明者の家族を訪問し寄り添い諦めずに探そうと励ましているのだそうだ。随分と事件に心を痛めていることを知り、ローデヴェイクはハンカチで目元を拭うティルザを抱きしめ、その旋毛にキスを落とす。

「辛いことを思い出させてしまってすまない。国としても捜索に協力しよう」

　ローデヴェイクの言葉に顔を輝かせて喜ぶティルザを見て、ますます事件を解決しなければと誓うのだった。

　アグレル領についてアダムの報告が上がってくるたびに、ローデヴェイクは眉間のしわが深くなるのを自覚していた。調べれば調べるほど怪しいのだ。

干ばつに備えて備蓄させているものを、領主が『干ばつは起きてもすぐにどうとでもなる』と備える端から使ってしまうというのだ。いざ干ばつが起きると備えをしていないせいで、結局しわ寄せは民にいってしまうため、領民は不満を募らせているのだという。

「これほどまでにアグレル領主は愚かなのか……」

「アグレル領主がなぜそんなに強気なのか、わかりかねます」

また、アグレル領主の館に目深にフードを被り近寄りがたい雰囲気をした正体不明の集団が出入りしているとの情報もあった。

「聞けば聞くほどに怪しいな……」

「それと、もう一つ。アグレル領では妙な噂があると」

「噂？」

やけに神妙な顔をするアダムに先を促す。

「……干ばつが起きても、深緑の女王に生贄《いけにえ》を捧げれば大丈夫、と」

身の毛もよだつような噂話に、ローデヴェイクは思わず立ち上がった。

ローデヴェイクの頭の中で一つの仮説が出来上がっていく。

同時期に起きる干ばつと行方不明事件、干ばつでも根本的な解決の方法を探ろうとしないどころか愚かにも備蓄を食い潰す強気な領主、そして生贄の噂……。

（やはり、ボルスト領の連続行方不明事件はアグレル領主が……？）

アダムに引き続き調査を続けるように指示を出し、ローデヴェイクはどさりと椅子に凭れた。逸る気持ちを抑えるように、ローデヴェイクはこぶしを握る。

もしも仮説が正しければ、大変なことだ。しかし現状ではあくまで噂の域を出ない。仮説だけで動くわけにはいかず、確かな証拠を摑まねばならなかった。

現場の細かな差配はアダムに任せているが、アグレル領に密偵を放ち、そのうち数名をアグレル子爵家に入り込ませている。

噂の詳細を検証しながら調査を進めれば進めるほどアグレル領の黒い部分が出てくることに、暗澹《あんたん》たる気持ちになった。

事の発端は三十数年前。

丁度イサベラの母親が隣国ラメアーノのロンダル伯爵家から輿入れしてきた時期と重なる。多額の持参金とともに嫁いできた強気な美女は、少々気弱なアグレル子爵と似合いだと言われていたという。

婚姻以降、アグレル領で不審な集団の目撃情報が増えたことに鑑みれば、隣国ラメアーノが何某かの意図で介入している可能性を疑わざるを得ない。

（遅かれ早かれ、事実が白日の下に曝《さら》されることになるだろう）

そう思っていたローデヴェイクの元に、心なしか青い顔をしたアダムが良くない報告を持ってきた。

「……密偵の一人が襲撃されました」

「……無事か？」

「命は辛うじて……。しかし、これまでのような任務にはつけないでしょう」

幸いなことに密偵は相手側に捕らわれることなく、深手は負ったものの逃げ出すことができたという報告にローデヴェイクは安堵する。

アダムは密偵が持ち帰ったという赤黒く汚れた紙をローデヴェイクに差し出した。その紙に書かれたいくつもの名前を確認したローデヴェイクは怒りで顔を強ばらせた。

「我々が真実に近付いているということだと思うのですが……これだけではまだ証拠としては……」

アダムは言葉を濁した。真実に近づいた反面、相手側に密偵を送り込んでいるということを知られたということでもある。それは未だアグレル領に残る密偵たちの命が危うくなったということを意味する。だが、決定的な証拠を摑むため、彼らにはまだ頑張ってもらわなくてはならない。いまここで撤退を命じることはできない。

ローデヴェイクの脳裏に屈託なく笑うティルザの顔が浮かんだ。

深緑の女王に生贄を捧げるという噂があるかぎり、油断をすることは決してできない。彼女の周囲に危険要素を少しでも近寄らせたくないのだ。だからといって、密偵たちが危険を承知で任務についているとはいえ、その命を徒に失いたくもない。

隣国の介入を想定した段階から血が流れる事態になることを憂慮していたローデヴェイクは口を引き結んだ。

ティルザを、民を、国を守るためにどう動くべきか迷っていると、執務室の扉がノックもなく開けられた。

「困っているようだね、グリーデルの子よ。提案があるのだがどうだい？」

「……っ」

そこに佇む意外な人物を認め、ローデヴェイクは息を呑んだ。

＊＊＊

ローデヴェイクが忙しく逢えない日が続いていたティルザの元に、嬉しい知らせが届いた。ローデヴェイクがティルザを離宮に誘ってくれたのだ。

王城から馬車で半刻程度の場所にある離宮は今は亡き前王妃が隠居後に静養を兼ねて生活した宮殿で、白い壁が美しく通称『白離宮』と呼ばれているという。

久しぶりの逢瀬にいそいそと着替えをするティルザに、シルケがひらひらと軽やかな布を振って注意を引いた。

「ティルザ様、下着はこれを持っていかれますか？」

シルケの手には、ここぞというときに身に着けようと隠し持っていた煽情的《せんじょうてき》な下着が握られているのを見てティルザは頬を赤らめた。

ボルスト領から出るときにも鞄の底のほうに手ずから隠し、荷解きのときもそれと知れないようにハンカチで包んで引き出しの奥に入れておいたものだ。

「ちょっと、シルケ！　それをいったいどこから……っ」

「引き出しの奥に怪しい包みがあれば、それは確認するでしょ」

シルケは至極当然のことのように顔色一つ変えずに言う。

初体験のときに身に着けよう、と思っていたのだが、それは突然やってきたため出番が間に合わなかった。今度があればぜひに、と意気込んでいたのがばれてしまったようで居た堪れない。

「……そういう流れに、なると思う？」

またあの逞しい腕に抱かれ、めくるめく官能が体験できるのかと胸をときめかせたティルザに、シルケはあくまで冷静だった。

「離宮ならば人の目も少ないので恐らく。王太子様は意外といやらしいですよね。むっつりというのでしょうか……」

「……シルケ、王太子様のことをそんな言い方……」

あけすけな言葉に呆れながらも、ローデヴェイクが自分を求めてくれるのであれば精一杯応えたいと思うティルザだった。

しっかりとひらひら下着を荷物に詰めて、ローデヴェイクと共に馬車に乗り込む。

「とても素敵な場所だと聞いています。そんなところにローデヴェイク様とお出かけできるなんて嬉しいです」

圧倒的に外出の機会がないティルザは馬車の窓の外に流れる景色に大いにはしゃいだ。

それを理解しているローデヴェイクは特徴的な建物や街並みが近付くたびにあれこれと解説してティルザを喜ばせ、あっという間に白離宮に到着した。

「わあ……素敵！　真っ白な壁が太陽に反射して眩しいくらい！」

初めて白離宮に来たティルザがはしゃぐ。

手で庇を作りながら笑うティルザを見守るローデヴェイクは言葉少なだ。ティルザはそんなローデヴェイクに違和感を覚えた。

いつものローデヴェイクならば、もっとティルザに寄り添ってくれるような気がするが、彼が多忙なことを知っている。ティルザを楽しませようとするローデヴェイクの心遣いを受けいれるだけではなく、彼の日ごろの疲れを癒そうと考えた。

（ローデヴェイク様がわたしを気遣ってくださるなら、わたしはローデヴェイク様を癒してあげたい。肩や背中を揉み解して差し上げて、ここにいる間はローデヴェイク様に寛いでいただこう）

あれこれと考えていたティルザがローデヴェイクの案内で寝室に行くと、そこには王城の寝室に勝るとも劣らない豪華《ごうか》な天蓋《てんがい》付きのベッドが置かれていた。

細かな彫刻がなされた柱に、絶妙の透け感のある薄布は、夢のような官能の世界が期待できるに違いない。ティルザの気持ちはローデヴェイクとの密事に飛んでいた。

「ティルザ」

妄想の世界に旅立ちかけたティルザを現実に引き戻したローデヴェイクの囁きに、照れくさそうに首を傾げる。

「えへへ……こんな素敵なベッドでローデヴェイク様と眠れるなんて素敵だな、と思って」

「そうだな。ティルザは私の大事な人だから、絶対に失いたくないのだ」

情熱的なローデヴェイクの言葉に浮足立つティルザだったが、どこか言葉が嚙み合わないような気がして首を反対に傾げた。

「ローデヴェイク様？　今のはどういう……きゃあ！　ロ、ローデヴェイク様？」

後ろから抱きしめられ、ティルザは頬を染める。

「ティルザ、君を守りたい」

熱い息とともに耳朶《じだ》を食まれる。密着したローデヴェイクの昂ぶりをドレス越しに感じて、ティルザは赤面した。

（ああ、もうこんなにわたしを求めてくださって……）

ティルザは戸惑いながらも、ローデヴェイクの態度に嬉しさを感じた。開放的な離宮に来た途端求められる幸せを噛みしめていると、ドレスが捲り上げられ、ドロワーズが露出した。

「あっ、ローデヴェイク様、そんないきなり……っ」

キスも交わしていないというのに、ローデヴェイクは性急に昂ぶりを押し付けてティルザの尻をまさぐっている。

「ローデヴェイク様、いったいどうしたと……あぁっ！」

縫い合わされていないドロワーズの股の内側からローデヴェイクの指が侵入してきた。既に潤み始めているあわいは、待ち焦《こ》がれた刺激を受けてひくひくと戦慄く。

「あっ、待って……ローデヴェイク様。まだ、旅装も解いていないのに……っ」

ローデヴェイクはそれには答えず、長い指でティルザの感じるところを刺激する。弱いところを彼に知られているティルザはあっけなく抵抗する気力を奪われ、しとどに蜜を零す。息を整わせる暇もないまま、いつの間にか前を寛げて出されたローデヴェイクの昂ぶりに奥まで貫かれた。

「あ、あぁ……っ！」

初めてのときティルザに前戯《ぜんぎ》を施して、とろとろに蕩《とろ》けさせせたローデヴェイクだとは思えぬほど性急な行為だったが、ティルザはそれでも彼と再び繋がれた悦《よろこ》びに胸をいっぱいにしていた。

（ローデヴェイク様……っ、ああ……好き……っ）

後ろから貫くという、初めての体位はティルザの新しい官能を刺激した。正面から受け入れた初めてのときとはあたるところが違う上に、ローデヴェイクが激しくティルザを穿つのだ。まるで餓《かつ》えたように何度も奥を捏ねられ、すぐに限界がきたティルザはローデヴェイクの名を呼んだ。

「あっ、ローデヴェイク様、……ローデ……あ、あああぁっ！」

痛いほどに腰を摑まれ、敏感なところを摺り上げられたティルザはあっけなく極まり、己を穿つ雄芯をきゅうきゅうと締め付けた。

「……く、……っ！」

低く唸るローデヴェイクが雄芯を引き抜くとすぐにボタボタと白濁がこぼれ落ちる音と濃い雄の匂いがした。荒い息のローデヴェイクはそこでようやくティルザのドレスを脱がし始めた。しわになったり、あらぬ液体で汚れたそれを乱暴に床に落とすと手早くコルセットを解きドレスと同じように床に放る。

「あ、……っは、……ローデヴェイク様……？」

疲労と性急な行為のために動けなかったティルザはようやく身体を起こしてローデヴェ

イクを見た。彼も着衣のまま、トラウザーズの前を寛げただけの姿で立っている。露出された雄芯は一度子種を吐き出したにもかかわらず勢いを失っておらず、天を向いてそそり立っていた。

「……っ」

白濁と愛蜜で濡れた雄芯は凶悪なまでの昂ぶりをみせていた。ティルザは思わず生唾を飲み込んだ。

ティルザはローデヴェイクを求めていて、彼もまたティルザを求めている。ティルザにわかるのはそれだけだ。

「……すまない」

「謝らないでください。激しいローデヴェイク様もわたし、好きです……ドキドキします」

ティルザの言葉に、今度はローデヴェイクが生唾を飲む。喉仏が上下するのを見たティルザはふたたび身も心も官能に支配されるのだと理解した。そのあと何度も激しく抱かれたティルザは絶頂のあとに気を失ってしまった。

「……ローデヴェイク様？」

「王太子様はここにはいらっしゃいませんよ」

聞きなれた声がして、ティルザは上体を起こした。

室内は薄暗く、夜明けが近いようだ。怠くあるものの、交わりで汚れた身体は綺麗に拭き清められ、清潔な夜着を着せられていた。

足元にある椅子に座っていたシルケがゆっくりとした動作で立ち上がり、ティルザに向かって歩いてくる。

「なにか食べますか？」

冷たい手がティルザの頬に当てられた。……表情の動かないシルケだったが、今はティルザを心配してくれているのだとわかった。

「そうね、お腹が空《す》いたわ。それでローデヴェイク様はどちらに？」

シルケはティルザの問いに答えず、肩を竦めた。その仕草にティルザはローデヴェイクがまたしてもおかしな時間に帰城したことを知った。

「せめて見送りをしたかったのに」

白離宮では、ローデヴェイクはティルザとずっと一緒に滞在するものだとばかり思っていた。だが、ローデヴェイクは必ず毎日王城に戻った。それは朝早くのときもあれば昼中のときもあり、夜中に戻るときもあった。

王城と白離宮は半刻ばかりの距離とはいえ、移動に時間と体力を費やすのはローデヴェイクの負担が大きいのではと心配でならない。彼が身体を損なうくらいなら離宮での休暇は取りやめて王城に戻ろう、と進言したが、ローデヴェイクは決まって困ったような顔でティルザの唇を塞いだ。そしてティルザが気を失うまで激しく抱きつぶすのだ。

そんな爛《ただ》れた日が続いている。ティルザは真剣に王城に帰ることを考え始めていた。ローデヴェイクがティルザを大事にしてくれるように、ティルザも彼を大事にしたいのだ。細切れではあったが白離宮では心置きなくイチャイチャすることができたし、野獣のようなローデヴェイク、という新たな一面を発見したことはティルザにとって大きな収穫だった。

だからティルザは中庭でのティータイムのときに、次にローデヴェイクが白離宮に来たら提案するつもりでシルケに告げた。

「そろそろ王城に帰ろうかと思うの」

「……」

シルケはそれに対して微妙な顔をした。どうしたのか、と問い質そうとしたティルザに護衛騎士の一人が前に進み出る。

「あの、差し出がましいようですが、まだお帰りに……ならないほうがいいと思います。たぶん王太子殿下もお許しにならないのでは……」

「許さないって、どういうこと？」

休暇を切り上げるのにローデヴェイクの許可が必要なのか？　もちろん黙ってこっそり帰るようなことはしないが、なにかおかしい気がした。

ティルザの質問に騎士たちは口を噤んでしまう。

騎士たちが仕えているのはローデヴェイクだと理解しているが、何度聞いてもティルザの質問に答えてくれない。

「あなたたちはローデヴェイク様からなんと命令されているの？」

質問を変えたティルザに、騎士たちは顔を見合わせた。その表情には『困ったことになった』とわかりやすく書かれている。

（わたしに言えないことなんだわ……）

ティルザはそれ以上騎士たちを問い詰めるのをやめ、部屋に戻った。ティルザは心の中で地団太を踏む。ローデヴェイクは本当に王城にいるのか、なにをしているのか、どうして自分にはなにも知らされていないのか。騎士たちに尋ねても納得のいく回答が得られないならローデヴェイクに聞くしかない。

ティルザは手早く荷物をまとめると鼻息も荒く王城へ帰ると告げた。騎士たちは大慌てでティルザを引き留める。それは強硬ともいえる態度で、不安を募らせたティルザは翌日白離宮にやってきたローデヴェイクに説明を求めた。

「ローデヴェイク様、わたしとここで休暇を楽しむのではなかったのですか？」

少々きつい物言いになってしまったことに気付いていたが、ティルザはローデヴェイクからきちんと説明してほしくて言い募る。しかし彼が口にした言葉に目を見開いた。

「ここにしばらく滞在していてくれ」

「え、と……。ローデヴェイク様と二人で休暇を楽しむ、というわけではなく？　それはどういう意味、ですか？」

ローデヴェイクが説明をしてくれないことに衝撃を受けたティルザは、それでもその言葉を好意的に受け取ろうと真意を探るように問い返す。だがローデヴェイクの低い声は驚愕の言葉を紡いだ。

「君としばらく距離を置こうと思っている」

予想もしていなかったことを言われ、すぐには言葉の意味を咀嚼《そしゃく》することができなかった。聞き間違いか、それとも自分が考えるものとは別の意味があるのか。

ティルザは混乱しながらも平静であるように努めた。

「距離を置くって、……ご冗談を」

きつく問い詰めたりしないようにと笑おうとしたティルザは失敗して顔を引き攣らせた。ローデヴェイクが全く笑っていなかったのだ。笑っていないどころか、苦渋の色を浮かべている。彼は言葉通りの意味で告げているのだ、とティルザは理解した。だからといって受け入れられるかどうかはまた別の話である。

「冗談ではない。これは君のためでもあるんだ、ティルザ。どうかわかってほしい」

「わかりません……ローデヴェイク様、いったいどういう……ちゃんと、最初から説明してください」

説明を求めるティルザを避けるようにローデヴェイクは顔を逸らした。

いつもならば『素敵な横顔！』とうっとりするティルザだが、今日はそんな余裕がなかった。

「ローデヴェイク様。お願いですから、どうかわかるように説明してください」

「……今は説明できない。頼むからここで大人しくしていてくれ。くれぐれも危ないことなどせぬよう。警備の人員は十分に配置しておくから」

ローデヴェイクはティルザを抱きしめると額に口付けを落として、サッと背を向けて応接室を出て行ってしまう。

「ローデヴェイク様……！」

「ティルザ様、王太子殿下がおっしゃったとおり、どうぞこのままここでお過ごしください」

ティルザはすぐにその背を追いかけようとしたが、両手を広げた護衛騎士に止められてしまう。

「ちょっと、退いてください！　ローデヴェイク様！」

こんなときいつも手助けしてくれるはずのシルケが、素知らぬ顔でそっぽを向いている。侍女のまさかの裏切りにティルザは頭に血が上り、邪魔をする騎士の足の甲を思いっきり踏んだ。騎士が短い悲鳴を上げて怯んだ隙に応接室を出るが、廊下に待機していた別の護衛騎士に行く手を阻まれてしまった。

「ティルザ様、お部屋にお戻りください。離宮内ならばどこへ行ってもかまいませんから」

離宮から出てはならない。

護衛騎士はそう言っているのだ。

(これじゃあ、軟禁だわ)

ティルザは唇を噛んだ。

「……たまにはゆっくりするのもいいでしょうに」

「シルケ、あなた……」

どうして助けてくれなかったのか、と刺すような眼差しで訴えるが飄々《ひょうひょう》とした態度で受け流されてしまう。こういう状態のシルケにはなにを言っても無駄なのだと知っている。

ティルザは深呼吸して肩の力を抜くとサロンに戻り、護衛騎士に謝罪した。

「ごめんなさい、動転してしまってひどいことをしてしまったわ」

「いえ、お気になさらず……」

取り繕っているが眉間にしわが寄っているところを見ると、足の甲にだいぶ痛みがあるのだろう。咄嗟のことで手加減（足加減）できずに申し訳ないことをした。

ティルザは淑女の行動ではなかったと反省してソファに力なく座った。

シルケが無言のまま淹《い》れた香りのいいハーブティーでのどを潤すと、ティルザは落ち着きを取り戻した。大きな窓の外を見やり、急に態度を変えた婚約者に思いを馳せる。

（どうしてローデヴェイク様はこんなことを……。危ないことをせずに、と言ったということは危ない目に遭う可能性があるということよね）

ローデヴェイクは意味もなくティルザを監禁して悦ぶような性格ではないはずだ。きっとこれはティルザの身を守るために必要な措置なのだろう。

（だけど理由を言ってくれないのはなぜ？　わたしではローデヴェイク様のお力になれないから？）

でも、なにも知らずに自分だけ安全圏にいるなんてできない。

ローデヴェイクを守れるくらいに筋肉があったら、話してくれただろうか。いや彼を守る力を持っていたとしても、ローデヴェイクはティルザをこうやって危険から遠ざけ軟禁した気がする。

つまりは信用されていないのだ。

だから詳細を伝えず、ただ安全なところに避難させた。

ティルザはがっくりと項垂れた。

自分にもなにかできるはず、という考えは驕《おご》りであると、ティルザは知っている。ローデヴェイクの近くにいることも許されず、なにもかもが終わったあとに知らされる無力感も、また知っていた。

だから、なにがどうなっているのか、知りたかった。特にローデヴェイクに危険がないのか、それが一番気がかりだった。


離宮に軟禁されて三日目。

最初こそローデヴェイクが『やっぱりティルザと離れていられない！』と言って駆けつけてくれるのではないかと思っていた。

想いあう二人は熱い抱擁を交わし、口付けを……さらにはベッドイン……。

しかし妄想は妄想でしかなく、ティルザは徐々に鬱憤《うっぷん》を溜めていった。

「ねえ騎士様、ローデヴェイク様はいつまでここにいろと？」

「申し訳ありません、自分にはわかりかねます」

姿勢を崩すことなく、護衛騎士が答える。日に何度もティルザが聞くので、もう反射で言えるようになっているのかもしれない。

「では、ローデヴェイク様はいついらっしゃるのかしら？　明日はいらっしゃる？」

「それもわかりかねます」

「……そう。お仕事のお邪魔をしてごめんなさい」

ティルザは寝室として利用している客間に戻り、行儀悪くベッドに倒れ込んだ。そしてドレスの裾が捲れ上がることもかまわず足をじたばたと動かした。

「ローデヴェイク様の……ばか――！」

いったいローデヴェイクはなにを恐れているのか。

ティルザはなにを恐れたらいいのか。なにが危険なのかわからないままの軟禁生活は、ただ不安だけが募っていく。

ボルストではこういうとき、深緑の森に出掛け、散歩していた。新鮮な空気を吸いながら散歩をしていると、くさくさした頭の中がすっきりと整う気がした。気持ちが落ち着き、冷静に思考できるようになっていた。

（そうだ、散歩をしよう）

離宮の周りならば、護衛騎士についてきてもらえば危険はないだろう。そう気持ちを切り替え、ティルザは玄関ホールを警備している騎士に声をかけた。だが、望んだ返答は得られなかった。

「申し訳ございません。王太子殿下より、絶対に外にお出ししないよう厳命されておりまして」

「ええ？　離宮の周りよ？　一人じゃないし、シルケも、あなたも来てくれれば……」

ティルザがどんなに言い募ろうと、護衛騎士が首を縦に振ることはなかった。

申し訳なさそうに何度も頭を下げる騎士にそれ以上無理を言うこともできず、ティルザは肩を落として部屋に戻った。その後ろ姿を見て護衛騎士はティルザのことを気の毒に思い、王太子も融通が利《き》かない、と心の中でぼやいたりしていた。

失意のまま応接室のソファに座り込んだティルザは陽が落ちてもそこに座っていた。シルケが「尻が四角くなりますよ」と揶揄っても力なく頷くのみ。暗い室内で落ち込む様子のティルザを哀れに思った護衛騎士が数名、気を紛らわせようと話しかけてきたが気が乗らない様子のティルザにそそくさと退散していった。

（あぁ、機嫌が悪いからといって騎士様に当たるなんて、最低なわたし……）

こういうときこそ淑女として凛とした態度でいなければならないのに。

そう思うティルザだったが、ローデヴェイクの冷たい態度と距離を置こうという言葉を思い出し、涙がにじんだ。

（花祭りのときはローデヴェイク様のことを知らなかったから、気軽に婚約破棄しようって思っていたけれど）

互いに為人を知り、身体を重ねたあとの距離を置くという言葉はティルザには重すぎた。

「お可哀そうに、ティルザ様。王太子様があなたをこんな目に遭わせてまで、なにをしているか……知りたいですか」

食事も喉を通らないほど失意の底に沈んだティルザに、そう声をかけてきたのは離宮の周囲を警備している護衛騎士だった。

「教えてくれるの？」

「あなたが望むなら」

護衛騎士は口角を上げた。この護衛騎士のことを信用していいのか少し迷ったが、ティルザは最終的に首を縦に振った。

「では、近くに寄ってもよろしいですか？」

許可を得た騎士はティルザまであと一歩さらに近付いた。

「いったいなにをしていた！」

「も、申し訳ございません……っ！」

激怒するローデヴェイクに護衛騎士は顔を青くして頭を下げた。このまま剣を突き立てられてもおかしくない形相に心臓が縮みあがる。

白離宮からティルザがいなくなったのだ。

護衛騎士たちから報告を受けたローデヴェイクは顔色を変え、普段は温和な彼が机に拳を叩きつけて声を荒らげたのだ。

「すぐに捜索隊を編成して、ティルザを見つけ出せ！　彼女に傷ひとつあれば許さない……！」

「はっ！」

護衛騎士が執務室を辞した後、ローデヴェイクは奥歯が砕けるほどきつく噛みしめた。自ら先頭に立って捜索したいが、護衛騎士から上がってくる報告をまとめ判断し捜索隊を指揮する司令塔の役目を果たすためには動きまわるわけにはいかない。

深緑の女王に生贄を捧げるという噂を警戒し、ティルザを危険から遠ざけようとしていたのに、招いた結果がこれである。

護衛騎士からの報告によれば、散歩もできず気落ちしていたティルザを気遣い、応接室にこもる彼女を部屋の中にひとりにしていたという。廊下で控えていた騎士が室内から人の気配がしなくなったことに気づき、慌てて確認してみれば応接室どころか離宮にティルザがいなくなっていたのだ。

ティルザがいた応接室のドアは中から鍵がかかっており、慌てて予備の鍵で開けたものの、入り口付近にはソファやキャビネットなどでバリケードが築かれていたらしい。

その状況からティルザが自分の意志で軟禁状態の白離宮から抜け出した可能性もあるが、もし密偵を襲撃した者たちに攫われてしまったのであれば、彼女の身に危険が及ぶ可能性が高い。

最悪な状況ばかりが頭に浮かんでは消え、ローデヴェイクはうろうろと執務室を歩き回りながら思いを巡らせる。

不安にさせたくなくて何も説明せずに危険から遠ざけるため、守りを固めた離宮に匿ったのが裏目に出てしまった。こんなことになるならば、片時も目を離さずに側で守っているべきだった。

悔やんでも悔やみきれず、拳をきつく握る。

（ティルザ、どうか無事でいてくれ……！）

＊＊＊

ティルザは気が付くと床に転がされていた。

床板がところどころ浮き、隅に埃《ほこり》が溜まった雑多な部屋。

恐らく物置か何かだろうと考え身体を起こそうとするが、手足が後ろで縛られていて身動きが取れない。猿轡《さるぐつわ》もかまされている。首を起こすと腹部に鈍《にぶ》い痛みが走った。

（そうだ、わたし……）

深いため息とともに、ティルザは気を失う前のことを思い出していた。

ローデヴェイクが何をしているか教えると言った護衛騎士はティルザの許可を得てから近づいてきた。紳士的な人だ、と思った次の瞬間、腹部に拳を叩きこまれたのだ。

「うっ！」

「これも我が一族の悲願のため。悪く思わないでください」

護衛騎士は一瞬苦しそうに眉を顰めたが、すぐに表情をなくしてティルザを肩に担いだ。

（うぅ……どういうこと……？　一族の悲願？　いったいなんな……の……）

そのまま意識が遠くなり、ティルザは気を失ってしまった。

（……人生で二回目の誘拐ってことね）

ティルザは身体を弛緩《しかん》させた。

（ローデヴェイク様を信じて離宮で大人しくしていれば、こんなことにはならなかった……。わたしが浅はかだったわ……）

幼い頃に誘拐されたときは遠くに連れ去られる前に、若きローデヴェイクが颯爽と現れ助けてくれた。今回もそれを期待するわけにはいかない。きっと彼はティルザを探してくれているだろうが、小さな不満を募らせた自分の失態で起きたことなのだ。ローデヴェイクはティルザを守ろうとしてくれていたのに、申し訳ない気持ちになる。

ティルザは自分でなんとかしなければと手足を動かし、縄の締め付け具合を確かめていると、足音が外から聞こえてきたため気を失ったふりをした。

ガチャガチャと金属がこすれる音がして、建てつけの悪い扉が開く。開けられた扉の隙間から仄《ほの》かな明かりが差し、埃が宙を舞った。

室内の様子を覗うような気配がする。沈黙のあと、聞き覚えのある声が聞こえた。

「……まだ寝ているな」

「そろそろ気が付く頃だろう。大事な生贄だから儀式の前に死なせるわけにはいかねえ。気を付けて見張れ」

聞き覚えがあると思った声は恐らくあの護衛騎士だ。

それに応えた酒焼けした声は仲間だろう。意識を失う前に騎士が言っていた『我が一族』のひとりなのかもしれない。

王城でも精鋭であるローデヴェイク直属の騎士が、未来の王太子妃を誘拐するのはなぜなのか。生贄という不穏な言葉に眉をひそめそうになるのを堪えて、ティルザは少しでも情報を得ようと気を失ったふりを続行したまま彼らの会話に聞き耳を立てる。

「……本当にやるのか？」

弱気な発言をする騎士を、酒焼けした声の男が唸るような低い声で叱責《しっせき》した。

「馬鹿野郎！　あの方が言っていただろう。この娘を深緑の女王の生贄に捧げればすべてがうまくいくと！　俺たちの望みは叶えられるんだ！」

「あ、ああ……そうだな」

どうやらティルザを離宮から攫った護衛騎士は、今回の件にあまり乗り気ではないようだった。それを酒焼けした声の男も察したのか、下品な笑い声をあげる。

「どうした、潜入先の水が性に合ったか？　まさか王太子の元で騎士として立身出世するなんて夢でも見てんのか……思い出せ、俺たちの先祖がグリーデルとボルストになにをされたか！」

そう言いながら怒りがこみ上げたのか、男がなにかを蹴り飛ばす。突然の大きな音に思わず身を竦ませ声をあげそうになったが、ティルザはなんとか悲鳴を飲み込んだ。男たちはピクリとも動かないティルザを確認して出て行った。

鍵をかけ忘れてくれないかと期待したがそれは叶わず、再び金属がこすれる音がして施錠されたのがわかった。

足音が遠ざかったことを確認したティルザは、まずは危害を加えられなかったことに安堵しつつ、得たばかりの情報を頭の中で整理する。

（生贄、……それも女王への生贄ですって!?　それに先祖がグリーデルとボルストにひどい目にあわされた……？　それって……）

ティルザは心の中で唸った。

男たちは『儀式に使う生贄』としてティルザを誘拐してきたらしい。

儀式の前に死なせるな、ということはそれまでは命があるということだが、その論でいくと儀式の際には確実に絶命すると思われた。

（これはとても、とても大変なことに……！　ローデヴェイク様……っ）

手足は縛られたまま、閉じ込められている場所がどこだかもわからない。この部屋から抜け出せたとしても、どう逃げればいいのか。『あの方』とは誰なのか。わからないことだらけの今のティルザには、彼らの隙を窺う以外にとれる手段がない。

それから二度、男たちが様子を見に来たが、ティルザは寝たふりをしてやり過ごした。

しかし三度目の確認のとき、ティルザは肩を揺さぶり起こされてしまった。

「おい、起きやがれ。ちっ、貴族のお嬢さんはこんなに寝坊助なのか？　おいっ！」

ここまで揺さぶられたら一度寝ると三年は起きないという童話の男のように寝ているわけにもいかない。

「う、ううっ……」

ティルザは腹が痛むのだと強調するように顔を顰め呻《うめ》いた。

「今から猿轡を外すが大きな声を出すなよ。後ろの奴がナイフを持ってるからな」

低く凄んだ男の言葉にティルザが頷くと、ようやく猿轡が外された。

「あ、……あなたたちは一体？」

「死にたくなけりゃ詮索はするな。なあに、ちょっとやってほしいことがあるんだよ」

男たちは下卑《げび》た笑いをもらすとナイフをちらつかせて尋ねる。

「お前は辺境伯のとこのティルザお嬢様で間違いないな？」

「……ええ」

嘘を吐いて時間を稼ごうかとも考えたが、連れてきた護衛騎士もいるしもし逆上されたらこの場で殺されかねないと思い直した。儀式とやらをいつ行う予定なのかはわからないが、それまでは殺されないように立ち回るほうが確実に生き延びることができるはずだ。

「聞き分けがいいこった」

「……なにが望みなのかしら」

生贄としての役割を望んでいる者を相手に金銭で交渉するのは難しいかもしれないが、大金を積むことで心を揺さぶれるかもしれないと思い、ティルザは慎重に口を開く。

今のティルザは生贄のことを知らないことになっているのだから、彼らが何のために自分を攫ったのか、要求は何であるのかを確認するのは至極まっとうなことである。

ティルザは五歳の頃に一度誘拐を経験している。救出された後、ティルザは父親である辺境伯から誘拐されたらどう対処するかを丁寧に叩き込まれた。

むやみに泣き喚いて犯人を刺激するのは悪手、冷静に相手を分析して懐柔できるならする。しかし必要以上に気に入られては困る。「生意気だと頬を二、三発は殴られるくらいの覚悟はしておくように」そんなことを言われたと思い出す。

父に繰り返し教えられたおかげで、ティルザは随分と冷静でいられた。

「わたしに何をさせたいの？　無事に返してもらうにはどうすれば？」

男はティルザの矢継ぎ早の質問には答えず目を眇める。

「明日までいい子にしてれば『女王の御許』へ行けるさ。おい、また猿轡しとけ」

男の指図でティルザは再び言葉を封じられ、元通り床に転がされた。成果は得られず、わかったことといえば儀式は明日らしい、ということだけだ。

思ったよりも早い命の期限《タイムリミット》にティルザは歯噛みした。

（ああ、ローデヴェイク様……！）

なんとかして今の状況を知らせる方法はないかと考えていると、外が騒がしくなった。

数人が言い争いながらこちらへ向かっているようだ。その中には先ほどの酒焼けした男の声も混じっているようで、ティルザは身を固くした。

（もしかして、儀式が早まったとかいうんじゃないでしょうね？）

固唾《かたず》をのんで扉を凝視していると、扉のすぐ外で若い男の声がした。

「いいから開けろ！　責任は俺がとる」

何が起きているのかと首を傾げたとき、鍵を開ける音がしてすぐに扉が開かれた。そこには身綺麗な若い男が立っていた。いや、身綺麗というか、随分と質のいい服を身に着けていた。

（貴族……？　なぜこんなところに貴族が？）

この男が誘拐を指示した『あの方』なのだろうか。ティルザは威嚇《いかく》するように男を睨みつけた。男はティルザの目力など毛ほども気にしていない様子で、両手を大きく広げた。

「あぁ、なんてことだ。こんなに美しくか弱いレディがこんなところで転がされているなんて。おいお前、彼女の縄を解いて差し上げろ」

「いや、しかし……」

「口答えするな！」

芝居がかった口調の若い男は、誘拐犯の一人の頬を手の甲で打った。細身の男に殴られたぐらいでは痛さを感じなかったようだが、苦い顔をする。しかし逆らえない相手なのか、言われた通りにティルザの手足を拘束している縄を解いた。

「さあ、こちらへ」

そうティルザを手招く若い男は整った顔をしているが、どこか人形じみて薄気味悪い。笑顔の仮面でも貼りつけているような表情をしている。男がティルザに向けてくる視線が顔に張り付くようで不快だった。

どこか蔑《さげす》んだような視線と顔立ちが、誰かに似ているような気がするが該当する人物を思い出せない。手足を縛る縄から自由にはなったが、ティルザは男の手招きに応じたくなくて身を縮こまらせた。

「あの、ありがとうございます……あなたは？」

手を擦りながら尋ねると、男は役者のような仕草で口角を上げた。

「私はパウリー。パウリー・アグレルと申します、レディ」

その名を聞いて、ティルザは顔が引き攣りそうになるのを必死にこらえた。

アグレルという名には覚えがある。忘れられるわけがない。

ローデヴェイクの閨の指導を担当した、あの四阿で会った女性と同じ家名だ。恐らく姉弟か親類縁者に違いない。

そんなアグレル氏がいったいなぜここにいるのか。得体のしれない不安が背中を這い上がってきてティルザは小さく身震いをした。

「こんなところではなんですから、場所を変えましょう。王都で一番高級な店から取り寄せたお茶があるのです。あなたとぜひ一緒に味わいたい。ああ、ドレスも汚れてしまいましたね。あなたに似合いのものをすぐに準備させましょう」

ぞわり

手を差し出されて、鳥肌が立った。

親切そうに笑みを浮かべる整った顔も、エスコートしようと差し出してくる手も、なにもかもが作り物めいていて、薄気味悪さが増していく。

だがパウリーが何を考えているのかわからない状況で、嫌悪感をあらわにして機嫌を損ねるのは恐ろしかった。ティルザはほんの少し口角を上げて礼を言うと、震える手でパウリーの手を取った。

エスコートされた場所はきちんと整えられた応接室だった。パウリーはメイドに最高級のお茶を淹れるように指示し、ティルザに向かってにこりと微笑んだ。

「どうぞ寛いでくださいい。今ドレスを手配中です。ああ、お腹が空いているでしょうから、特別に取り寄せたお菓子を先に持ってこさせます」

「い、いいえ……お気になさらず」

誘拐犯の仲間であろうと思われるパウリーの歓待が、ティルザには恐ろしく感じられた。イサベラはティルザに対してあまりいい感情を持っていないようだった。しかしパウリーは、言葉は悪いがティルザにすり寄ろうとしているように思えるのだ。

運ばれてきたお茶と茶菓子が目の前に置かれると、ティルザは礼を言い、ソーサーを持ち上げた。その様子をパウリーはじっと見ている。見つめるというよりは観察しているようで居心地が悪かった。

感情を表に出さないように、ティルザはカップに口を付けた。もちろん安易に飲み込むようなことはしない。ここは敵陣の只中なのだ。中に何が混入されているかわかったものではない。飲んだふりをしてパウリーに微笑みかけた。

「きちんとお礼もせずに失礼いたしました。先ほどは危ないところを助けてくださってありがとうございます」

少しでも情報を得ようと話しかけるが、パウリーは舐めるような視線を向けティルザを観察するだけである。さすがに不躾《ぶしつけ》すぎる。

「あの？」

ティルザの問いかけをどう解釈したのか、パウリーは少し待つように言い置くとそのまま部屋を出ていった。パウリーが何をしたいのかわからないが、ティルザは一人になった今が好機と窓に走り寄る。外を見ることができれば、ここがどこだかわかるかもしれない。

分厚いカーテンを開けようと手をかけたと同時に廊下へ続くドアが開いた。

「どうしたのです？　外には面白いことなんてないですよ」

パウリーは眉間にしわを寄せ不機嫌そうな表情をしたが、すぐに先ほどと同じような胡《う》散臭《さんくさ》い笑顔を張り付けた。

「それよりどうです、素敵でしょう」

パウリーは手に持っているスミレ色のドレスを広げてみせた。

確かに美しいと言ってもいいドレスではあったが、いかんせん煽情的すぎた。深いカッティングの襟《えり》ぐりからは、胸の谷間がすべて見えてしまいそうである。透ける素材を使っているため身体のラインが丸見えになってしまいそうだし、スカートの脇は縫い合わせるのを忘れたのではないかと思うほど深いスリットが入っていた。

そのドレスを見た瞬間、ティルザはイサベラを思い浮かべた。四阿で会ったときも、イサベラは夜会に着ていくようなドレスを着用していた。

(もしかして、これはイサベラ様のドレスなのかしら……)

「ええ、素敵なドレスですね」

たぶん、わたしには似合わないだろうけど。

そんな言葉を飲み込んだティルザだったが、パウリーは芝居がかった仕草で、そのドレスをティルザに差し出した。

「さあ、これに着替えてください。いつまでもそんな薄汚れたドレスを着ているなんて俺の美意識に反する」

笑みながらも有無を言わせぬパウリーの雰囲気に気圧《けお》されて、ティルザはそのドレスを受け取らざるを得なかった。

パウリーと入れ替わるように、ドレスを着付ける手伝いのためメイドが入ってくる。

着替えたくない。逃げ出したい。メイドから情報を得ることができないかと、ティルザは一か八かで声をかけてみた。

「あの、ここがどこか教えてほしいのだけれど……」

「……申し訳ありません」

メイドはティルザと目も合わせずに消え入りそうな声で謝罪する。かたかたと肩を震わせている様子から察するに、パウリーと誘拐犯たちを恐れているのだろう。情報を得ることができないならば、せめて大人しめのドレスにしてほしくて訴えてみたがそれも叶わなかった。

メイドは手早くティルザのドレスを脱がせて煽情的なドレスを着付けていく。その動きには『早く済ませてここから出て行きたい』という気持ちが溢れていた。

着替え終わったティルザは姿見に自分の格好を映して思わず声を上げた。

「うわあ……これは……」

あまりにも無理やり着た感が溢れ出すぎている。これでは着付けたメイドも「お似合いです」などとお世辞すら言えないだろう。

(屈んだら胸が見えてしまうのではないかしら……)

いや、屈まなくても背の高い男性ならば視線を下に向けるだけで見えるのではないだろうか。

汚れていようとも自分のドレスのほうがよっぽどマシだと思いメイドへ視線を向けると、彼女はティルザが今まで着ていたドレスを持ってそそくさと部屋を出て行き、無情にもドアが閉められてしまった。

「あぁ、なんてことなの……」

せめて胸元を隠すショールでもないかとあたりを探そうとしたが、間を置かずパウリーが戻ってきてしまった。

「あ……っ」

ティルザは慌てて両手で胸元を隠す。

パウリーは舞台俳優のように、大仰に天を仰いだ。

「あぁ、賞賛する言葉が思いつかないほどに……美しい。こんなに美しい娘を生贄になど、よくもしようと思ったものだ」

パウリーの視線がギラリと鈍く光った。不穏な空気にティルザが身構えるよりも前にパウリーが動いた。ティルザの手を拘束し、ソファに押し倒したのだ。その勢いでテーブルがずれ、カップが派手な音を立てて床に落ちた。

「きゃあ！　な、なにを……っ」

「ふふふ、他の奴らは単純だから、『言われた通り』にあなたを久しぶりの女王への生贄にしようと考えているようだが、俺は違う。あなたを助けてあげるどころか、天国のような心地を味わわせて差し上げます。安心して俺に身を任せて」

もがくティルザを組み敷き、愉悦《ゆえつ》の表情を浮かべるパウリーは舌なめずりをした。先ほどまでの貴公子然とした仮面が剝《は》がれ、獣《けもの》じみた貌《かお》が現れる。

「生贄など一度消費したら終わりだ。俺ならば深緑の女王の加護を継続的に受けられるようにする」

「ど、どうするというのですか⁉」

聞きたくもなかったが聞かずにはいられなかった。黙っていたら恐怖でどうにかなってしまいそうだ。怯えて声を震わすティルザに気をよくしたのか、パウリーは眉を跳ね上げ口角をきゅうと吊り上げた。

「この国の国王がやっていることと一緒さ。ボルストの『女王に愛された娘』と番《つが》って子を成し、我が領に女王の加護を与えてもらうのさ……殺して埋めるのはたくさん子を産んでからでいいだろう？　お前はまだ若いから、この先十年は産み続けられるだろう」

ぞわ！

血が下がり気が遠くなりそうになる。肌が粟立ったのがわかった。パウリーの思考は誘拐犯のそれよりももっと邪悪で受け入れがたいものだった。

人の尊厳を無視した身勝手な思考に吐き気を覚えたティルザは顔を背けた。

「ふふ、恐ろしさで身が竦むか？　大丈夫だ、俺はお前のような初心《うぶ》な令嬢の扱いにはとても慣れている。安心して身を任せるといい……」

「……わ、わた……、ふ……」

戦慄いたティルザの唇から声が漏れた。優位に立ち気分が高揚していたパウリーには聞こえなかったらしく、彼は「うん？」とティルザに顔を寄せようとした。

ティルザは拘束された手首を支点にして、肩を捻《ひね》って肘《ひじ》を跳ね上げる。肘でにやけたパウリーの顎を捉えた。不意を突かれた彼はティルザの腕を放し、不安定なソファから転げ落ちた。

「うわ!」

「ふざけるのもたいがいになさって! 先ほどから生贄だの番うだの、好き勝手言いたい放題……! 誰があなたの好きになどさせるものですか!」

ティルザは今までの鬱憤をすべてぶつけるように声を張り上げる。

パウリーは殴られた顎に手を当ててぽかんとしたのち顔を真っ赤にして立ち上がると、ティルザの肩を摑んだ。

「黙れ! 女風情がこの俺に物申すなど、ましてや顔を殴るなど……許されると思っているのか!」

「きゃ! ……っ、反論するのになぜあなたの許可が必要なのかしら! 反撃をしないという保証がないと、女風情には言葉をかけることもできないのかしら! 腕力に物を言わせて人を従わせるなんて、最低の人がすることよ! ……っ、いいえ、人ですらないわ。そんなのは発情したサルにも劣る! 芋虫! セミの抜け殻! 干からびたミミズ!」

ティルザは思いつく限りの悪口を並べる。だが動揺してうまく思考が働かず、よくわからないことを言ってしまっていたが本人は気付いていない。しかしパウリーの神経を逆なですることは成功していた。険しい表情でパウリーはわなわなと肩を震わせていた。

「この……っ、王都で一番の貴公子と名高い俺によくそのような……っ！　二度とそんな口が利けないように黙らせてやる……」

自己評価と自惚れの強い、けっして王都で一番の貴公子などと呼ばれていないパウリーが再びティルザを拘束し覆いかぶさった次の瞬間、廊下が騒がしくなり、荒々しい足音が応接室まで聞こえてきた。

「静かにしろ！　俺の邪魔をするな……」

廊下に向かってパウリーが怒鳴りつける。

「放してよ！　わたしに触れていいのはローデヴェイク様だけなんだから！」

それに抗うようにティルザが声を上げると同時に、廊下側から扉が蹴り開けられた。

「ティルザ！」

愛しい人の呼び声に驚きティルザは呆けた。扉を開けてなだれ込んできたのは、ローデヴェイクと騎士たちだった。恐らく離宮の警備にあたっていた面々らしく、ざっと見た限りでもティルザも見知った顔があった。

「え？　ローデヴェイク、さま……？」

突然目の前に現れたローデヴェイクが本物なのか、己の都合のいい幻なのか判断できない。しかしすぐさま覆いかぶさるパウリーがローデヴェイクの長い脚によって蹴倒されて身体が自由になり、幻なんかではないと理解する。

「ティルザ、無事か！」

「……ローデヴェイク様……っ」

ティルザの身体の奥底から歓喜が溢れ出し、伸ばした手がローデヴェイクの大きな手のひらに包まれ強く握られた。ティルザが知っている、熱い手だ。その熱に安心したのか、ティルザの深緑の瞳がじわりと潤んだ。

すかさずローデヴェイクがティルザを引き寄せその胸に抱きしめる。全身で感じるローデヴェイクに、ティルザの涙腺が耐え切れず崩壊した。

「う……っ、うぅっ！　ロッ、ローデヴェイクさま――！」

ティルザはローデヴェイクにしがみつき、まるで幼い子供のように人目を憚らずに泣いた。そんなティルザの肩に上着を脱いでかけると、ローデヴェイクは彼女を愛しそうに抱き上げ目尻に口付けて涙を吸い取った。

「ああ、ティルザ。もう大丈夫だ。泣かないでくれ」

上半身は甘い雰囲気に満ちているが、足元は冷酷極まりない。ローデヴェイクはブーツのつま先で床に転がっているパウリーを蹴ったうえに踏みつけていた。

「縛り上げろ。絶対に逃《のが》すな」

ティルザにかける声とは天と地ほどの差がある冷たい声に、騎士たちは震えあがり『ティルザ様を見つけられてよかった』と心底安堵する。

きびきびと動く騎士たちは、数人の男たちを荒縄で縛り上げ床に転がす。パウリーだけではなく、誘拐犯たちも一緒に捕まったようだった。

ローデヴェイクに抱かれたまま外に出たティルザは周囲を見回した。

場所はよくわからないが、古い建物のようだ。背後に鬱蒼とした木々が茂ったその建物の周囲に人家はない。誘拐したティルザを閉じ込めておくのに適した建物に思えた。

(これならどんなに泣き叫んでも、人に気付かれることはないわね……本当に恐ろしいわ……)

ローデヴェイクに助けられた己の幸運をティルザが噛みしめていると、こめかみにキスが落とされた。

「痛いところはないか?」

ローデヴェイクが心配でたまらないという顔でティルザを見つめている。それはパウリーの視線とあまりに違いすぎて、こそばゆい気持ちになったティルザは逞しい首に腕を回そうとして我に返った。

騎士隊の皆が生暖かい目で二人を見ていることに気付いたのだ。

(はっ！　そういえばわたしは犯人の甘言に乗せられて油断したところを離宮から攫われて……みなさまにとても迷惑をかけてしまったんだわ……！　それなのにこんなふうにローデヴェイク様とイチャイチャしては……騎士様たちに申し訳なさすぎる……っ)

謝らなければ、と慌て、もう大丈夫だから降ろしてくれとティルザが懇願しても、ローデヴェイクは受け入れてくれなかった。ティルザを抱きかかえたまま馬車に乗り込んでしまう。すぐさま馬車が動き出した。

「あの、ローデヴェイク様……っ」

みんなにお詫びと感謝を、と申し出た唇が塞がれた。驚いたティルザの頬を両手で包み込むようにしたローデヴェイクは、すぐに唇を離した。

「ティルザの無事を確かめさせてくれ。今すぐに」

返事を待たずに再び塞がれた唇は更に情熱的にティルザを求める。舌を絡め、吸い上げると同時に大きな手のひらが身体を這いまわった。

いつでも節度を持った紳士的な態度を崩さなかったローデヴェイクの性急な態度に目を白黒させたティルザは、その強引さに喜びを感じながらも待ったをかけた。

「待って、ちょっと待ってくださいローデヴェイク様……っ」

首筋を食み、柔らかな胸の谷間に顔を埋めるようにしてティルザを求めていたローデヴェイクはわかりやすく機嫌の悪い顔をして眉間にしわを寄せた。

「……なんだ」

紳士の仮面が外れたローデヴェイクの態度が新鮮でティルザの胸はキュンと高鳴ったが、なんとか己を律する。

「ローデヴェイク様、今回のことは本当に申し訳ありませんでした。ローデヴェイク様はこんな危険があると知っていたから、わたしを離宮に隠したのですね」

「……」

真面目な話なのだと理解してくれたのだろう。どことなく納得がいっていない顔をしながらも、ローデヴェイクはティルザの声に耳を傾ける。

「それを知らず、気付くことにも至らず……まるで聞き分けのない子供のように騒いだり、果てはまんまと誘拐されるなど……自分が愚かすぎて吐き気がします」

それに、とティルザはローデヴェイクを見上げた。

ローデヴェイクはこの国の王太子だ。彼になにかあっては一大事である。

本来であればティルザの救出は騎士たちに任せるべきところ、ローデヴェイクは自らティルザを救出しにきてくれた。

ティルザは嬉しいが、万が一のことがあればこの国の行く末にもかかわる。

「……もしかしたらわたしは自分が思うよりもずっと子供で、ローデヴェイク様には全然相応しくなくて……。ローデヴェイク様がおっしゃったように、婚約は白紙に戻したほうがいいのかもしれない……」

花が萎《しお》れるように項垂れたティルザを、ローデヴェイクがきつく抱きしめた。

「今更だ、ティルザ。私の心をこんなに君でいっぱいにしておいて、離れるなんて許さない。離宮から君が消えたと報告を受けて、君を永遠に失うかもしれないと思ったときの私の絶望がわかるか？　私はもはや君を手放してやれない。君の笑顔も泣き顔も、拗ねた顔も淫らに蕩ける顔も、全て私のものだ。いいか、すべてだ！」

「ロ、ローデヴェイク様……」

ティルザの心は戸惑いに揺れた。

情熱的な言葉に心が揺さぶられたティルザだったが、もとよりローデヴェイクとの婚約は、『グリーデル国王太子』と『ボルスト領の緑眼の娘』との間で交わされたものだ。

ティルザだから選ばれたわけではない。

「でも、わたしは……」

躊躇うティルザの細い顎をすくいあげたローデヴェイクはその唇を強引に塞いだ。逃げ惑う舌を吸い、擂り合わせるとティルザの身体から抵抗が消え、うっとりと蕩けた顔になった。

「ふ、あ……ローデヴェイク様……」

「ほら、口付けだけでこんな顔になるのに。君は私がいなくても大丈夫なのか？　それともティルザは私以外の男とこんなことをするつもりなのか？」

ローデヴェイクの指が頬にかかった髪を耳にかける。そのまま耳殻を擽《くすぐ》るように撫でると、ティルザの身体がピクリと反応した。

耳朶を熱心に揉まれると身体がじんわりと熱くなってくる。ティルザは上がってきた体温を逃がすように、ほう、とため息をつく。

「あっ、ん……」

「私は『緑眼の娘』がティルザでよかったと心底思っている。女王に感謝だな。だが、ティルザが緑眼の娘でなくとも私は惹かれていたに違いない」

お互いに良かったと肩を竦めたローデヴェイクに、今度は遠慮なくティルザが潤んだ瞳で見上げる。

「ロッ、ローデヴェイク様……っ！　そんなこと言われたら、わたし……わたし……っ」

歓喜がティルザの胸に渦巻き、声が詰まる。ティルザの緑眼から新たな涙が溢れ出し、二人は再び狭い馬車の中で固く抱き合った。

＊＊＊

互いの気持ちを再確認した二人がそのままで終わるはずもなく。何度も口付けを交わしているうちに馬車の中には甘い空気は満ちてくる。

「んっ、はぁ……っ」

夢中で口付けするたびに身体が擂り合わされ、ティルザから悩ましげな声が漏れるようになるとローデヴェイクの下半身は痛いほどに主張してくる。

早くティルザの中に入りたい、あの熱く柔らかな身体で包まれて思うさま摺り上げたい。そんな下卑た欲求が抑えても抑えても湧いて出てくる。

（しかしこんなところでは、満足に抱けない）

今は膝の上にティルザを座らせ口付けを交わしているが、走行中で不安定な馬車の中では、これ以上の行為は難しいように思えた。

だが、己の昂ぶりがそれで収まりそうもないことはローデヴェイクが一番よく知っていた。なんとかティルザに負担をかけず、互いに気持ちよくなる方法はないか。

ローデヴェイクはティルザが無事に手の中に戻ったことに安堵した反動からか、とんでもなく頭の悪い思考に耽っていた。

見れば腕の中のティルザも、緑眼を蕩かせて物欲しそうに唇から舌を覗かせている。

ローデヴェイクはその舌に吸い付き自らのそれを絡めながら、ようやくティルザの着ているドレスに気が付いた。

離宮でも王城でも、着ているのを見たことがないようなデザインのドレスだ。ティルザが着るには少々どぎつく、下品の一歩手前をぎりぎり踏みとどまっているような危うげなデザインだった。

「ところでティルザ、このドレスはいったい……」

口付けに表情を蕩けさせていたティルザはドレスのことに触れられて我に返ったのか、ローデヴェイクの膝の上で悲鳴をあげて縮こまった。

「きゃ！　これはその……」

その様子にピンときたローデヴェイクはティルザを抱く腕に力を込めた。

「ティルザ？」

有無を言わせぬローデヴェイクの笑顔に、ドレスはパウリーに着せられたのだとティルザは白状した。

「なっ、あの男から？　着替えもか？」

矢継ぎ早に言葉を続けるローデヴェイクが勘違いしていることに気付いたティルザは慌てて誤解だと手を振る。

「違います、着ていたドレスが汚れてしまったので……。着替えはメイドさんに手伝ってもらったので！　ローデヴェイク様が思うようなことはなにも！」

疚《やま》しいことはなに一つないのだと説明するが、ローデヴェイクは納得できないとばかりに目を細めた。

「ティルザは男が女性にドレスを贈る意味を知っているのか」

「え」

男がドレスを贈る意味。それは『その服を脱がせたい』だ。もちろんティルザも知っているが、今回はそれに当てはまらないと思っている。

「これは違います！　このドレスはわたしには似合いませんし、脱がせるどころか、勝手に脱げてしまいそうですし」

ティルザは開いた胸元を見下ろす。下着かと思うほどに鋭い切り込みのおかげで激しく動くと胸が零れ落ちてしまうかもしれない。

「……ティルザは男の気持ちがわかっていない。こんな煽情的なドレスを纏った君を前に、その気にならない男などいない」

どこか悔しそうに眉根を寄せるローデヴェイクは、ティルザの胸元から手を忍び込ませる。ローデヴェイクの大きな手は、難なくティルザの乳房を鷲摑みにしてしまう。

「あっ！　ローデヴェイク様……っ」

ドレスの上からではなく、直に感じる手のひらの熱は、やすやすとローデヴェイクとの交合を思い起こさせる。ティルザはされるがままに身を任せていると、不意に先端の尖りを摘まれて高い声を上げた。

「は、ぁん！」

「ティルザはここを摘まれると痛いのだったな。本当は口で可愛がってやりたいのだが今はそれができなくて残念だ。なるべく優しくするから我慢してくれ」

そう言うと、指で器用に乳嘴を摘まんで捏ねたり摺り上げたりと、ティルザを翻弄する。

馬車の中という限られた場所ではこれ以上の行為が難しく、ままならぬ状況にローデヴェイクは焦れた。

「あっ、ローデヴェイク様……っ、わたし……」

ティルザがローデヴェイクの膝の上でびくびくと身体を震わせる。もじもじと膝を動かして耐える様を見てローデヴェイクはティルザのドレスの裾から手を入れようとして驚く。太ももが大きく露出するほどにドレスの脇にスリットが入っているのだ。

「これは……、このようなドレスを着ていたのか」

「あっ！」

驚いて声を上げたティルザの口をキスで塞いで、ローデヴェイクは指でティルザのあわいをなぞり上げる。そこは既に蜜で濡れていて、ティルザも求めてくれているのだとわかり、劣情が煽られる。

「あっ、ローデヴェイク様……っ」

「ティルザ……、くそ、あの男め……私のティルザにこのようなものを着せおって。絶対に許さない」

パウリーに恨み言を言いながらも、ローデヴェイクは秘めたぬかるみに指を差し入れる。それに合わせるようにティルザの細い腰がゆらゆらと揺れた。ローデヴェイクはわざとティルザのいいところを外して愛撫を施す。

「あっ、や……っだめ、ェ……っ」

「なにが駄目なんだ、ティルザ。君のここは……私の指を放さないじゃないか」

ローデヴェイクの長く節くれだった指がティルザの蜜洞の感じるところを擂り上げるたびに、きゅうきゅうと締めつける。

指摘されたティルザは顔を真っ赤にして反論する。

「ちがっ、違います！　やめてほしいとかではなく、汚れてしまうから……っ」

後半の言葉が尻すぼみになったのは、羞恥のためだろうか。顔を背けて朱に染まった顔を隠す。そんなティルザが可愛らしくて仕方なく、ローデヴェイクは宥めるように彼女の額にキスをする。

「ああ、では口で愛してもいいかい？　私が跪《ひざまず》けばなんとかできるだろう。蜜を零すような粗相はしないと誓う」

ローデヴェイクの言葉の正確な意味を理解したティルザが顔を更に赤くする。

「そ、そっ……っ！」

ティルザが混乱して口をパクパクさせている間に、ローデヴェイクは彼女を膝から降ろし今まで自分が腰かけていたところに座らせた。そして膝をついてティルザを見上げる。

「脚を開いて」

静かだが有無を言わせない声音にティルザは従いかけたが、「いやいやいや！」と我に返って膝を閉じる。

「そうではなくて……！　お風呂にも入っていないのにそんなことっ」

普段まぐわうだの、夜這いするだの言っていても、実地経験の少ないティルザはローデヴェイクの大人の色香に翻弄されていた。今も自分が犯した過《あやま》ちに気付いてもいない。だが、ローデヴェイクはそれを見逃すような男ではなかった。にやりと口角を上げると服の上からティルザの柔らかな内腿を撫でる。

「ならば風呂に入って身を清めたあとならば、問題ないということだな」

現場から王城に戻るよりも離宮のほうが近いこともあり、馬車は離宮へ向かっていた。ティルザが再び「そうではなく！」と反論する間もなく馬車が離宮に到着する。

ローデヴェイクは御者が扉を開けるより早く扉を開け、自分の上着でしっかりと包んだティルザを抱えて降りた。他の騎士たちの目から愛しい婚約者を隠し、その長い脚で大股で歩きながらすぐに風呂の用意をするように離宮の使用人に指示を出し、部屋へと向かう。

「風呂……」

まずティルザに怪我がないかを確認するために医者に見せるのが先なのではないか、と騎士たちは思ったが、抱かれているティルザの赤らんだ顔を見て沈黙を選んだ。

離宮では万全の準備がなされており、なぜか風呂もすぐに入浴できる状態になっていると、いつの間にか側にいたシルケがローデヴェイクに告げた。

「別室に医師も呼んであります。ご無理だけはなさいませぬよう」

「承知している」

ローデヴェイクに仕えているかのようなシルケの態度にティルザは目を白黒させた。

ローデヴェイクはティルザを抱えたまま離宮で使っている部屋までくると、介添えのメイドに下がるように命じる。二人きりになった途端激しく唇を求められ、ティルザの中で些末なことは全て飛んだ。

「んっ、は……っ、ローデヴェイク様……」

いつもよりも性急な動きで舌を吸われ身体をまさぐられる。胸元が大きく開いたドレスということもあり、あっという間に服が脱がされてしまった。

「ティルザ……っ、本当に無事で……よかった」

裸の身体を抱きしめるローデヴェイクの声が掠れ、まるで泣いているように聞こえてどきりとする。

「ローデヴェイク様、ご心配をおかけしてすみませんでした。わたしが……」

そっと抱き返しながら謝罪の言葉を口にすると、ローデヴェイクが再び唇を塞いだ。

「っ……、謝罪よりも愛の言葉が聞きたい」

「え」

ちゅう、と下唇に吸い付いたローデヴェイクにじっとりと熱い視線で見返され、ティルザはどぎまぎと視線を逸らす。

(ローデヴェイク様が……なんだか……変?)

今まで自分のほうから好意を前面に押し出してきたティルザは、急にローデヴェイクから押されると勝手が違いどうしていいかわからなくなってしまった。

「愛している、ティルザ。私だけのティルザ」

「……っ! ローデヴェイク様……っ、わたしも、わたしのほうこそ、愛しています……!」

ティルザが伸び上がってキスをしようとするが、二人に身長差があるためローデヴェイクの協力なしでは口付けも覚束《おぼつか》ない。

「うっ……、ローデヴェイク様……、ちょっと屈んでくださいませんか……っ」

つま先立ちでプルプルと震えながらローデヴェイクの唇を奪おうとするティルザは急に浮遊感を感じた。

ローデヴェイクがその身体を抱き上げたのだ。

「きゃ!」

「さあティルザ、いくらでもキスをしてくれ」

嬉しそうに破顔するローデヴェイクの顔を見ながら(なんだか違う……こうじゃない……)と思いながらも素直に口付けるティルザだった。

「……っくしゅん！」

抱き合い口付けを交わしていたティルザは肌寒さを感じてくしゃみをする。いくらローデヴェイクに抱きしめられているとはいえ裸でいるには寒い季節だ。

ティルザは手早く身体を洗い流してしまおうと、準備してもらったバスタブとローデヴェイクに交互に視線を送る。彼は首肯してティルザを放したので、ティルザは『どうぞ、お風呂に入りなさい』という意味だと思った。

しかし目の前のローデヴェイクがおもむろに服を脱ぎ始めてティルザは焦る。

「ロッ、ローデヴェイク様？　どうして服を？」

ローデヴェイクも汚れてしまったのか？　と見るが、彼の着衣はそんなに汚れているようには見えなかった。

「服が濡れるかもしれないからだが。濡れた服は脱ぎにくい」

「えっ？」

「今日は私が無事を確認しながら洗ってやろう。ティルザは以前、私と一緒に風呂に入りたいと言っていたではないか？　あれは嘘なのか」

まさかの発言にティルザは混乱した。眉間にしわを寄せて目を細めるローデヴェイクの言葉に非難めいた気配を感じてティルザは慌てる。

「嘘ではありません！　ローデヴェイク様とお風呂に入ることは、わたしがやりたいことのひとつです！」

ティィルザの言葉に嘘はない。

確かにローデヴェイクと同衾したり風呂に入ったりすることを妄想していた。だがいざ現実味を帯びてくると、それまで感じていなかった羞恥が湧き出すのだ。

(嫌なわけじゃない、好きな人とならばむしろ嬉しいはずなのに……っ)

ティルザが考えあぐねているうちにローデヴェイクは躊躇いなく服を脱ぎ去り、一糸まとわぬ姿となった。

肌を重ねたときに見ているのに、真正面にある裸体を目にしたティルザは思わず顔を赤らめる。愛しいローデヴェイクの盛り上がった胸筋、割れた腹筋、腕に走る太い血管。

そして下腹には雄々しく立ち上がるものが。

「あ、あああ……っ」

興奮と羞恥が入り混じり、ティルザはどうしたらいいかわからなくて声を上げた。

しかしローデヴェイクはティルザの髪をササッとまとめると、落ちてこないように手早く止める。

「湯をかけるぞ。バスタブに入ってくれ」

「あ、はい……っ」

急かされて、ティルザは泡の立てられたバスタブに入る。半分ほど溜まった湯に身体を温められるようでほっとする。肩から熱い湯をかけられたティルザは、それが普通の入浴と変わりないことに拍子抜けしてしまった。

（あ、あれ？　なんだ、ローデヴェイク様は普通にわたしをお風呂に入れて洗いたかっただけなのね！　いやだわ、わたしったら。てっきり恥ずかしいことをされるのではと身構えてしまって）

ローデヴェイクは紳士だ。必要以上に不埒《ふらち》なことは仕掛けてこない。

彼の大人の余裕に自分が空回りしていて気恥ずかしいが、今はそれがありがたかった。

ほう、とため息をついたティルザの肩に泡まみれになったローデヴェイクの手が触れた。

「ひゃ！　ローデヴェイク様、なにを」

「身体を洗っていく。くすぐったくても我慢してくれ」

丁寧に泡を海綿に含ませてゆっくりと肌の上を滑らせる。それがあまりにも優しすぎてティルザは身悶《みもだ》えた。

「あっ、や……っくすぐったい、です……っ」

身体を捩ってその感触に耐えるティルザだったが、不意にローデヴェイクの手が直接肌に触れた。

「ふぁ!?」

「ティルザ、君はもう少し自分を知ったほうがいい」

ローデヴェイクの大きな手のひらがティルザの胸を摑む。泡で滑ってしまうが、それでも何度もぬるぬると揉みしだかれているうちに、ティルザの息が上がってくる。

「んっ、……っは、あ……っ、ローデヴェイク様……っ」

「こんな魅惑的な身体を前にして……、我慢できる男などいるはずがないだろう……っ」

彼の指先に胸の突起を弾かれるたび言いようのない感覚に身体が戦慄《わなな》く。ティルザはローデヴェイクの身体に縋りつくようにして耐えたが、胸以外にも腰や腹、背を愛撫する手に蕩かされてしまう。

ローデヴェイクの手が下腹部に伸ばされたとき、ティルザはそれを止めることができなかった。太く長い指がグチ、と卑猥な音を立てて濡れた襞《ひだ》を擽る。指を何度も往復させ襞を余すところなく撫でられたティルザはもはや声を我慢することができない。

「あっ、ん、ぁあ……っ」

秘玉を摘ままれ優しく押されると、目の前が白く弾け、ティルザは息を呑む。

「……っ！」

ビクビクと身体が痙攣《けいれん》したあと、弛緩するティルザの身体をローデヴェイクが受け止める。荒く呼吸を繰り返すティルザはその逞しい首根っこに摑まり、必死に喘ぐ。

「んっ、はぁ……っ！　あ、……んっ」

その行為がどれだけローデヴェイクを煽ることになるのかなど、考えることもできない。

ただ、ひたすらローデヴェイクから与えられる快感を受け止めるのに必死になっていた。

「ティルザ……風呂はもう、いいか？」

「……？　ローデヴェイク様……」

一度極まって蕩けたティルザは、彼の言葉の意味がよくわからずに小首を傾げる。

ローデヴェイクはそれには答えずティルザを抱き上げて湯船から出すと、身体を拭く間も惜しいというように濡れたままのティルザをベッドに運んだ。乱暴ではないがいつものローデヴェイクにそぐわない焦れが見える行動にティルザが声を上げた。

「あっ、ローデヴェイク様……ベッドが、濡れて……」

「かまうものか……っ、それよりもティルザ、身体は清めたのだし、いいだろう？」

ぽたぽたと雫を滴らせたローデヴェイクがなにを言っているのかわからず、頭の中に疑問符だけが増えていく。

ティルザはローデヴェイクの次の行動に驚かされた。彼は濡れたティルザの脚を大きく開かせ、その間に身を滑り込ませた。

「あっ、ちょっと、ローデヴェイク……っ、あ、あぁっ！」

ぬるり、と今まで感じたことのない感触があらぬところを這った。熱くうごめくそれは先ほどローデヴェイクが風呂でしたように、ティルザの秘された花弁を丁寧にくすぐる。

「ひゃ、あぁ……っ！」

ローデヴェイクの熱い舌は、指よりももっと執拗《しつよう》にティルザを追い詰める。はあはあと荒い息があわいに吹きかけられ、またすぐにぬめるものがティルザの敏感なところを這っていく。

（あっ、これ……、嘘ぉ……っ）

ティルザに淫らな快感をもたらすものの正体がローデヴェイクの舌である事実を、ティルザはうまく受け止められずにいた。しかし時折蜜を吸われ、下腹にさわさわとローデヴェイクの髪が触れるといよいよ認めざるを得なくなる。

そういう行為があることはもちろん承知している。シルケが集めてきた閨の資料の中にも女性が快楽を得る手段として記されていた。

（でも、ローデヴェイク様のアレをわたしが舐めることはあっても、その逆は……正直あると思ってなかったわ……！）

過ぎる快感のために緑眼から涙が零れ落ちる。身体が自分の思い通りにならない。腰が浮いて、まるでもっとして欲しいというようにローデヴェイクの顔に押し付けられる。

「ふあ、あぁっ！　や、あぁ……っ」

秘玉をねっとりと舐られ吸われると同時に、指が襞をかき分けるように撫で、ゆっくりと隘路に飲み込まれていった。

「あ……あぁっ！」

ローデヴェイクの指は長く節くれだっていて、ティルザの内壁を不規則に刺激する。瞼の裏で強い光が明滅して、ティルザはなにかに急かされるように喘ぐ。

よくわからない焦燥感はいよいよティルザを追い詰め、ローデヴェイクの指が敏感な柔肉を擦り上げると同時に激しく極まった。

まるで強引に魂だけを旋毛から引き抜かれたような衝撃がティルザを襲う。

「あっ、あぁ――！」

身体が瞬時に燃え上がったように熱くなり、硬直する。そして魂が身体に向かって落ちてくるように筋肉が弛緩した。

「っ、は……っ……あぁ……」

息も絶え絶えになったティルザの唇を柔らかく塞がれた。ティルザは瞼を閉じたままそれを受け入れる。啄《ついば》むように唇を合わせる口付けからは労《いた》わりが感じられ、ティルザはうっとりと頬を緩めた。

「……ローデヴェイクさま……」

手を伸ばして首に抱き着くと一層口付けは深くなり、ティルザは心地よい疲労に揺蕩っていた。……が、あわいに再び熱をともすように刺激が戻ってくる。それに伴いぐちぐちと淫らな水音が聞こえた。

「あ、あの……、ローデヴェイク様……？」

指が動いています、と小声で囁くとローデヴェイクは言葉を封じるように触れるだけのキスをした。

「ああ、もういいだろう？」

なにが、とは聞かずとも察せられた。なにしろローデヴェイクの雄芯が大きな存在感をもってティルザの入り口に押し付けられているのだ。

あの目の眩むような悦楽がやってくるのかと思うと、ティルザの蜜洞は勝手にキュンキュンと鳴き始めてしまう。期待のためかとろりと零れた蜜がローデヴェイクの先端を濡らした。

「う、あ……」

その卑猥な光景にティルザはこくこくと首を振る。どうしようもないくらいの羞恥がティルザを襲う。しかしそれは決して嫌ではないのだ。以前は堂々と言えた言葉が、今は言えなくなっていることが不思議だった。

「ふ……、私のティルザは可愛いな」

ローデヴェイクは宥めるようにティルザの腰を一撫でするると腰を進め己の昂ぶりをぬかるんだ隘路へ突き入れた。

「ん、んん……、あぁ……っ」

内側を攻められているのに、身体の内側だけでなく、外側もぞわぞわと快感を訴える。

逃げ場がなくて背をしならせたティルザを、ローデヴェイクの雄芯が奥まで一気に貫いた。

「……っは、あ……っ、あぁっ！」

気をやるのとは違った愉悦がティルザの中に満ちる。ゆっくりと、だが力強いローデヴェイクの動きに新しい感覚器が生まれたような気持ちになる。

「……くっ、ティルザ……」

「あ、あぁっ、ローデ、ヴェイク様……っ」

一度ギリギリまで引かれ、再び奥を突くかと思えばトントンと奥を小刻みに刺激する。多彩な攻めに翻弄されたティルザは、覆いかぶさるローデヴェイクに必死にしがみつき快感の波に耐えるが、不慣れな身体は上手に逃がし切れずすべてを受け止めてしまう。

「ティルザ……っ、私の……ティルザ……っ」

「ふ、あ……っ、あぁっ！」

最奥を突かれ、更にその奥までもこじ開けるように捏ねられたティルザは今自分がどうなっているのかもうわからなかった。

ただ嵐に翻弄される木の葉のようにローデヴェイクだけが頼りだった。

「あ、好き……っ、ローデヴェイク様ぁ……っ」

「……ティルザっ」

ティルザの中でローデヴェイクがさらに膨張した。堪らずティルザは全身でローデヴェイクを抱きしめる。蜜洞がぎゅうう、と締まるとローデヴェイクが慌てて雄芯を引き抜き、身体を震わせて白濁を放った。

「……っあ、……くっ」

びゅく、びゅくとティルザの白い腹が汚されていく。

「ローデヴェイク……さま……」

法悦《ほうえつ》の余韻《よいん》に浸りながらも、ティルザは腹の上で受け止めた子種の感触をどこか冷静に考えていた。

ひと眠りしてからティルザは医師の診察を受け、異常がないことを確認してから王城に帰還した。ティルザを誘拐した犯人と背後にいると思しき貴族《アグレル》が拘束され、危険はないと判断されたためだ。

だが、なぜかティルザの軟禁は王城でも続いた。離宮のときのような見張りに囲まれたギスギスしたものではなく、ただ単純にローデヴェイクに抱きつぶされて出歩けるほどの体力が残っていないという話である。

離宮よりも多くの人が働く王城では、王太子が婚約者を一室に監禁して夜毎苛《さいな》んでいるという噂はあっという間に広まり、知らぬ者がいないほどになってしまった。

これについてはローデヴェイクも少し反省をしている。

夜以外にも少し時間が空くとティルザの部屋を訪問してしまう。

会話をするティルザ、お茶を飲むティルザ、ふと視線を逸らすティルザ、頬を膨らまして拗ねるティルザ……どれをとっても頭から丸かじりにしてしまいたくなるような可愛らしさに溢れているせいだ。

頭を撫でたいし抱きしめたいしキスをしたい。触れ合っていれば欲が出てくるのは自然の摂理。もっと触れたくなり、シルケが状況を察して音もなくいなくなれば結局行き着く先はベッドの上なのである。

ティルザとて大好きなローデヴェイクから触れられるのは嫌ではないどころか、望むところである。しかしティルザはローデヴェイクのたまりにたまった肉欲の底を知らない。

幼いティルザに義理立てしして言い寄ってくる他の女性を遠ざけていた少年期から青年期……一番『元気』な時期に禁欲していたローデヴェイクにとって、想い合うティルザを前に我慢は難しかった。

さらに現在では誰憚ることなく会うことができるのだ。しかも恐ろしいことに、ローデヴェイクはこれでも加減しているつもりであった。

「……いい加減にしないと、辺境伯軍が怒鳴り込んで来ますよ？」

「心配しなくてもティルザが嫌がるようなことは一つとして、していない」

呆れ顔で窘めるアダムに、女王に誓って、と胸に手を当てて凛々しい顔をするローデヴェイクだったが、それもすぐ戸惑いの表情に変わった。

執務室に王妃が訪れたからだ。

「ローデヴェイク、あなた自分が破廉恥な噂の的になっていることは承知しているの？」

王妃は扇で口元を隠しながらいきなり本題を切り出した。

眉根がきつく寄せられ、いつもの気難しそうな表情がさらに険しさを増し、扇を持つ手を戦慄かせている。

ティルザに対してあたりが厳しい母親には、息子が緑眼の娘に誘惑されているように感じているのかもしれない、と考え誤解を解くために口を開く。

「母上、ティルザは悪くありません。私がティルザのことを愛しく思う気持ちを抑えられないだけで……」

「誰があの子が悪いなどと話しているというのです？　ティルザが悪くないのは当然でしょう！　私はあなたに態度を改めなさいと言っているのです！」

王妃は扇をたたむと自らの手のひらにピシャリと打ち付けた。

嫌味たっぷりに皮肉ったり、静かに怒気《どき》を表現したりすることはあれど、このように怒りを露わにして声を荒らげることなどない王妃の叩きつけるような声にローデヴェイクは一瞬身を竦ませた。

「あなたは婚約者をなんだと思っているのです？　あなたの性欲を解消するための便利な道具だとでも？」

王妃に鬼気迫る形相で見下ろされ、ローデヴェイクは気圧されてしまった。

「いや、そのようなことは欠片も思っていません……ティルザは私の最愛の女性です。いつも健やかで、幸せでいてほしいと……」

ローデヴェイクは混乱していた。

母親がいったい何に怒りを向けているのかがわからない。そんな息子の気持ちを読んだのか、王妃は再び扇を鳴らす。

「ならば！　陽があるうちから抱きつぶすのをおやめなさい！　ティルザは社交も仕事のうちなのですから、日中は起きていられるように加減なさい！　足腰が立たないようになるまで責め立てるとは男の風上にも置けぬ！　よいな！」

扇が掠めんばかりに鼻先に突き付けられ、ローデヴェイクは顎を引いて頷いた。

「はい、……肝に銘じます」

鼻息も荒く王妃が出て行ったあとの執務室に沈黙が満ちる。ローデヴェイクもアダムも、あのように感情を爆発させる王妃を見たことがなかったのだ。

「あの、今の……王妃様はまるでティルザ様のことを心配しているような口ぶりじゃありませんでしたか？」

「……アダムもそう思うか？」

呆然とした表情で王妃が出て行った扉を眺めながら、ローデヴェイクは執務を終えたらティルザを散歩に誘いきちんと謝罪しようと考えていた。

久しぶりに外に出たティルザは、両手を広げて胸いっぱいに空気を吸い込んだ。

その様子にローデヴェイクは王妃の言葉が正しかったと改めて反省した。

「ティルザ、ここ最近はずっと無理をさせてすまなかった」

「……ローデヴェイク様のことは大好きなので、いつもくっついていられるのはいいんですけれど、正直なところ、起き上がれなくなるまでだと……ちょっと困りますね」

ティルザが言葉を選んでいることに気付いて、ローデヴェイクは再び反省する。

（ティルザにも気を遣わせてしまって、私は本当にどうしようもない……）

「すまなかった。……できるだけ、自重する」

内心反省しきりのローデヴェイクの腕をティルザが引いた。

「では、今日はわたしがしてもいいですか？」

「!?」

ティルザの問題発言はローデヴェイクを喜ばせるのに十分だった。

その夜はもちろん無理なことはしなかったが、それでもいつもと同じくらいに満ち足りた時間を過ごした。

ローデヴェイクはティルザの腹の上に放った白濁を乾いた布で拭ってから濡らしたタオルで丁寧にティルザを清拭する。

「大丈夫かティルザ」

「は、はい……」

今夜はティルザの体力を気遣い何度も繋がることをせず、ローデヴェイクはティルザをシーツごと抱きしめるとぽんぽんと軽く背を叩いた。

そのリズムが疲れた体に心地よくウトウトと睡魔に襲われ、ティルザの心にある拭い去れない不安がつい口をついて出そうになる。

(どうしてローデヴェイク様はわたしの中に子種をくださらないの？)

聞きたくて仕方がないことだったが、それを口にしてしまえば、なにかが変わってしまうような気がして口をつぐんだ。

問うか否かを迷いながら夢とうつつを行き来したティルザは、石でも飲んだような気持ちのまま眠りに落ちた。

＊＊＊

今一歩のところで緑眼の娘を取り逃がし、手駒がグリーデルに捕まってしまった。

報告を受けて『彼』の手に力が入り、肘置きがミシ、と軋んだ。

アグレルは手足としてはいいが、頭としては難がある。当初王太子を絡めとろうと近づけたイサベラが失敗したことから計画が徐々に綻び始めた。

まだ若く初心な王太子を骨抜きにして傀儡《くぐつ》とするつもりが、肝心の閨事すら完遂できなかったうえに、逆にイサベラのほうが王太子に執着を見せるようになってしまった。

自分が王太子妃に、などという甘い幻想を見てしまったのだろうが、『彼ら』の目標がグリーデル王家を瓦解《がかい》させることだということを忘れてしまっているとしか思えぬ所業は、愚かの一言に尽きる。

頭をすげ替えるにしても、アグレルは証拠を残しすぎた。

グリーデルとて阿呆ではない。

そう時間をかけずにグリーデルは『彼』に迫るだろう。

年を経るごとに大義が指の間から零れ落ちていくような気がして『彼』は深いため息をつく。若い世代になればなるほど深緑の女王の姿を歪曲《わいきょく》して捉えている。それはいくら『彼』が言ってもどうしようもない。深緑の女王の真実は人の心の数だけある。

「ままならぬ……」

『彼』は肘置きを支点にして立ち上がった。

物心つく前から聞かされた昔話『深緑の森の女王と三兄弟』。

この大陸にはグリーデル国以外にも、その国ごとに『深緑の女王』の逸話が残されている。深緑の森を追われた森の民が散り散りになったためだ。しかしグリーデル国のようにはっきりと女王の気配が残っている国は少ない。いや、グリーデル国ではなく『ボルスト辺境伯領』と言うべきか。

『彼』の最終的な目標はボルストにある。

緑眼の娘とボルスト領を手に入れてこそ、『彼ら』の長年の悲願が叶うのだ。

「……深緑の女王に、忠誠を。そして我らが悲願を」

窓の外に広がる広大な土地は『彼』の目には映っていない。『彼』の目に映るのは急峻なカリア山と、その麓に広がる『深緑の森』だった。

5・審判

ローデヴェイクは精力的に執務をこなすその傍《かたわ》らで騎士たちとある人物からの協力を得て、ティルザ誘拐事件とボルストの連続行方不明事件を調査し、着々と証拠を集めた。

逮捕されたアグレル子爵子息パウリーと誘拐犯は厳戒態勢の離宮に忍び込む計画性がありながら、実際の犯行はどこまでも杜撰《ずさん》で証拠や証言が驚くほどに集まった。さらには密偵が命がけで持ち帰った資料から、アグレル子爵家が誘拐事件・行方不明事件の両方に関与していることがわかっている。彼らを法に則《のっと》って裁くため裁判が開かれることとなった。

法廷に現れたアグレル子爵家当主は線の細い男だった。落ち着きなく視線をあちこちに走らせては子爵夫人から窘められていた。夫人は逆に落ち着いた様子だったが、法廷に召喚されたのが不服のようで眉間にしわを寄せている。

イサベラもこの場に召喚されているのだが、その姿はなかった。

子爵家当主と夫人が定められた席につくと、パウリーと誘拐犯たちが鎖で拘束されたまま連れて来られた。

次いで杖をついた黒衣の老人が現れアグレル子爵家から少し離れた席に座ると、傍聴席にいる貴族たちが「ラメアーノ公国のロンダル伯爵だ」と囁き合う声で法廷がざわつき始める。

隣国ラメアーノ公国のロンダル伯爵家はアグレル子爵夫人の生家である。今回の事件に隣国まで関わっている可能性を察した傍聴席の貴族たちは息をひそめた。

最後にローデヴェイクがティルザを伴って法廷に現れる。

ローデヴェイクは不安そうにしているティルザを安心させるように微笑みかけ、法廷の中央近くの席に座らせると、表情を引き締めて法廷をぐるりと見回した。イサベラの席が空いているのを認めたローデヴェイクに、側で控えていた騎士が体調を崩したため入廷が遅れていることを伝えると一瞬眉を顰めたが、そのまま法廷の中央にある席についた。

「開廷する」

とローデヴェイクが宣言すると、ざわついていた場が緊張感ある静かな空気へと変わっていく。

ローデヴェイクはもう一度法廷を見回すと、おもむろに罪状を述べ始めた。

「ここにいるアグレル子爵家に仕える四人は、我が婚約者、ティルザ・ボルスト嬢を誘拐し、野蛮にも『深緑の女王』への生贄として殺害しようと図った。パウリー・アグレルはその計画を知っていながら騎士団に通報することなく加担した。あまつさえ、未遂であったが令嬢を乱暴目的で監禁した。すべては令嬢を助けるために現場に踏み込んだ私がこの目で真実を確認している。反論があるなら述べるがいい」

グリーデル王家とボルスト辺境伯の政略結婚は、グリーデルの民であれば誰もが知っていることだ。ティルザを救うために王太子自らが動いたという事実がローデヴェイクとティルザの間に政略結婚以上の絆が存在すると、この場にいる多くの者が悟る。

本来であれば貴族を裁く権限を持つのは国王であるが、今回の事件に関しては王太子ローデヴェイクに任されていることから、ローデヴェイクが真実を追求する信念を持つ頼るべき次期国王であることを改めて認識していた。

その空気をものともせず、子爵夫人が堂々と意見を述べる。

「お言葉ですが王太子殿下。我が家の使用人や息子が罪を犯したのが真実であれば、誠に遺憾でございます。ですが、だからといってなぜわたくしや夫、ましてや隣国からわたくしの年老いた父まで召喚する必要があるのでしょうか？」

息子を擁護《ようご》する言葉がまったくないことにパウリーは青褪《あおざ》めた。

「母上……」

ローデヴェイクはそんな親子を見て、静かに唇を開いた。

「アグレル子爵並びに子爵夫人にはティルザ誘拐に至る前の、過去にボルスト辺境伯領内で起こった連続行方不明事件についての容疑が浮上している」

ローデヴェイクがそう告げると、二人は目に見えて動揺した。同時に傍聴している貴族たちからより大きなざわめきが起こる。

そう言えばそんな事件があった、とあちこちから囁き声があがると子爵夫人は動揺を隠すように身ぶり手ぶりが大きくなる。

「な……っ、なにを突拍子もないことを」

「報告で干ばつの兆候が確認されたため、過去の事例と比較しようとして気付いたのだ。アグレル領が干ばつになるたびに、ボルスト辺境伯領から子供が消えていた時期があった。それを詳しく調べていくうちに私の元にこのようなものが届けられた」

ローデヴェイクが懐から赤黒く変色した紙を取り出した。

「これは私が調査のためにアグレル領に派遣した部下が持ち帰ったものだ。持ち帰る際に大怪我を負わされている。この紙の内容からティルザを害そうとしていることがわかる」

「あら、それのどこにもご令嬢の名前なんて書かれてはいないはずですわ。そんな名簿になんの意味があるのでしょう」

片眉を上げた子爵夫人が『あらイヤだ』とばかりに嘲るような声を上げた。それを正面から受け止めたローデヴェイクは目を瞬かせた。

次いで傍聴している貴族たちも騒めきはじめる。

子爵夫人は得意げに顎を反らし胸を張るが、アグレル子爵は慌てて妻に声をかけた。

「なにを言っているのだ……まるであの紙の内容を知っているみたいに……」

「……っ！」

これ以上ないくらい動揺を見せた子爵夫人が、己の失言に気付いて黙る。下を向いてぶるぶると握った手を震わせる様は憐れを感じるほどであった。

畳みかけるようにローデヴェイクが次々と証言と報告書などの証拠を提示していく。

特に『干ばつになっても女王に生贄を捧げれば大丈夫』という流言の件《くだり》では小さく悲鳴が上がるほどだった。

「ず、ずいぶん昔の事件ですし、証人も高齢。記憶も曖昧ならば、妄想と事実の区別も怪しい証言や目撃情報を確かな証拠、と言われてもこちらは承服いたしかねます」

おどおどしていたアグレル子爵が冷や汗をかきながらも反論する。いつも勝気な妻の陰に隠れていた子爵の精一杯の発言だったが、ローデヴェイクはそれを一蹴する。

「子爵の言うことももっともだ。由緒ある子爵家を糾弾するには物的証拠が必要だろう。アダム」

パチリ、と指を鳴らすと開いた扉から数人の騎士たちが、土で汚れた包みを数個抱えて入廷した。

訝しげな表情でそれを見ていた子爵らは、その包みが開かれると顔色を変えた。中から出てきたのは、人骨だったのだ。それは小さく、大人のものとは思えぬものばかりだった。傍聴席からも悲鳴が上がる中、ローデヴェイクは険しい表情で淡々と説明を続ける。

「これはアグレル領の西の林にある『贖《あがな》いの広場』と呼ばれる場所から掘り起こしたものだ。その広場では昔から真夜中に怪しげな黒衣の集団が目撃されたという情報が複数回警邏《けいら》隊に報告されているが、『異常なし。見回りを強化する』の一言で片づけられている。異常なしとしたにもかかわらず、付近の住民には夜間の外出を控え、贖いの広場に近づかないようにと通達がなされていた。これがその警邏隊日誌だ」

ばさり、と古びた帳面が提示される。

「そしてこれが退役した警邏隊員の日記。怪しげな目撃情報があった同じ日の記述はこうだ。『恐ろしい、おぞましい。なぜあのようなことができるのか……。あの子供の悲鳴が耳から離れない。領主の命令のままに口を噤んだが、このままでいいのだろうか』と」

ローデヴェイクは合図をすると、騎士は大きく頷いて白骨を元通り布で覆った。その手つきは死者に対しての敬意が表れていて、法廷内にすすり泣きが聞こえた。

赤黒く変色した紙を再び手にしたローデヴェイクは怒気を含んだ低い声で言う。

「この紙に書かれたいくつもの名前は、ボルスト領で行方不明になった者たちのもの。贖いの広場から発見された遺体にはどれも同じ呪《まじな》い文句が添えられていた。……『深緑の女王に愛されしトロイの末裔に繁栄を、裏切り者のグリーデルとボルストには贖いを』」

「……っ！」

ローデヴェイクはわかりやすく息を詰めた子爵と夫人を正面から見据えた。

「……以上の証拠から、この遺骨は誘拐された者たちだろう……現在まで約六体発見した。まだ出るだろう。どういうことか、説明してもらおう」

「……っあ、あぁ……」

子爵が肩を落として頭を垂れ、夫人が膝から頽《くずお》れたそのとき、乱暴に法廷の扉が開け放たれた。

「王太子殿下……ローデヴェイク様っ！」

現れたのはアグレル子爵家のイサベラだった。

いつもの煽情的なドレスではなく地味なワンピースを着用し、髪は後ろで緩くまとめており、服装からはいつもの華やかさは微塵も感じられなかった。彼女は家族に目もくれずローデヴェイクに近付こうとしたところを、警備の騎士に止められる。

「放しなさい、私を誰だと思っているの！」

ヒステリックに叫んだ彼女の胸元から、力強い声が法廷に響いた。

「ひぇあ！　ああ、うー！」

「……!?」

イサベラは乳飲み子を抱いていた。騎士は赤子がいるためイサベラを強引に取り押さえられずにいる。

イサベラが赤子を抱えていることに誰もが困惑していると、彼女は質素な装いには不釣り合いなしっかりと化粧を施した顔でローデヴェイクに向かって微笑んだ。

「ローデヴェイク様、あなたと私の子供です。さあ、抱いてくださいませ」

さあ、と差し出された赤子はローデヴェイクによく似た髪色と瞳の色をしている。

ローデヴェイクは眉間にしわを寄せて訝る。

「……イサベラ殿、いったい何を？」

「わたくしは王太子殿下の子を産みました。この子は正当なグリーデル国の王となるべき子です！」

イサベラは声も高らかに宣言した。勝ち誇ったような顔でローデヴェイクの後ろにいるティルザに対して、先ほどの子爵夫人そっくりの仕草で顎を上げ胸を張った。

その自信ありげな態度に、傍聴席にいる貴族たちがざわめく。

「そういえば彼女は以前王太子殿下の……」

「ああ、確か相手役を……。今も続いていたのか」

「あの子供が殿下の御子なら、一族と連座させるわけにはいかないのでは……。彼女だけは……」

「そもそも彼女は罪を犯していないのだろう？　殿下との子を成したならば、王太子妃は無理としても側室として……」

イサベラを信じた一部の貴族たちの声にローデヴェイクは眉間のしわを深くし、重いため息を吐いた。ローデヴェイクの子であるわけがない。

「……報告を」

ローデヴェイクが指を鳴らすと、遅れて入ってきた騎士隊の一人が一歩前に進み出た。

「はい。我々は殿下の指示でイサベラ嬢の動向を見張っていました。彼女は体調不良を理由に法廷への入廷を遅らせると、使用人を使いに出しました。そうしてやってきた若夫婦が抱いた赤子を無理やり取り上げると質素な服に着替え、ここに向かったのです」

騎士が淀みなく報告をすると、法廷中からイサベラに嫌疑の視線が向けられる。

「なっ、わたくしが偽りを言っているというの？　その若夫婦は、わたくしの体調が悪いときにこの子の面倒を見てくれている乳母夫婦です！　見てください、髪の色も瞳の色も殿下にそっくりでしょう？」

ほら、ほら！　と乱暴に赤子をローデヴェイクのほうへ高く掲げるイサベラの形相に、赤子がぐずり始める。

「ふぇ、……うぇええ……っ」

「泣くんじゃないよ！　お前の瞳の色を殿下にしっかり見てもらうのだから！」

イサベラが赤子を叱りつけると、横から誰かがその赤子を取り上げた。

「あっ！　なによ貴女《あなた》！」

「シ、シルケ？」

ティルザは急に自分の侍女が登場したことに驚いて、慌てて椅子から立ち上がった。しかしローデヴェイクが彼女を振り返り、安心させるように微笑む。

（ローデヴェイク様、もしかして知っていらっしゃるの……？）

侍女の、そしてボルストの秘密をなぜ彼が知っているのか。疑問に思いながらもティルザはこれ以上場を乱さないために、ハラハラしながら再び着席した。

ティルザの侍女――シルケに赤子を奪われたイサベラは苛立ちのままに叫ぶ。

「返して！」

シルケから発せられる他を圧する気配がこの場を制する。そうでありながら赤子を宥めるシルケの手つきは優雅で、まるでこの中で一番高貴な人物のようだった。

「うるさいのう。静かにせよ、トロイの娘」

有無を言わさぬ強い語調は、傍聴席の貴族たちだけでなくイサベラをも黙らせた。

シルケが口にした『トロイ』という名。

それを知らない者はこの国にいない。

かつてグリーデルやボルストと共に深緑の森で暮らしていた三兄弟の一人だ。

深緑の森を切り開き焼き払ってしまった彼のその後の行方について神話や絵本では語られていないため、歴史学者の間では長らく存在自体が謎とされてきたトロイ。

その末裔がイサベラ、さらに遡ってラメアーノ公国のロンダル伯爵だというのだろうか。

皆が固唾を呑んで見守る中、ロンダル翁がしわがれた細い声でぼそり、と囁く。

「……我らをトロイ、と呼ばわるか」

シルケはほんの一瞬ロンダル翁に視線を向けたが、すぐにイサベラに向き直る。

トロイの娘と呼ばれたイサベラはシルケに気圧されていたが、ハッと我に返り赤子へ手を伸ばした。

「あんた、ボルストのガキの侍女でしょ？　おかしなこと言ってないで、その子を返しなさいよ！」

シルケはすい、と身を翻し、赤子とローデヴェイク、そしてイサベラをまじまじと見比べたあと、赤子の腹のあたりを嗅いだ。

「うむ。赤子特有のいい匂いじゃ。だがこれは異なこと。この赤子からはそなたの匂いも王太子の匂いもせなんだ。別の種から生まれた子じゃ」

そう断言すると視線を法廷のドアに向けた。

「そこに親が来ておる。誰ぞ、入れておやり」

静かな迫力に圧されて騎士隊の一人がドアを開ける。そこには手を取り合って不安そうに佇む若夫婦がいた。

彼らはシルケに抱かれている赤子を見つけると涙を流して騎士に懇願する。

「ああ、騎士様！　私たちはなにも悪いことはしておりません！　どうぞ我が子をお返しください……っ」

涙で言葉にならない母親の肩を抱いた父親がなんとか訴える。

「わたしたちはイサベラ様にお仕えしているただの使用人です。その子は先日生まれたばかりで、母親と父親を必要としています。どうか、お返しください！」

シルケは真顔なのに微笑んでいるような、不思議な表情で若夫婦に近づくと、腕に抱いた赤子をそっと返してやる。赤子は親の腕の中に戻れたことがわかるのか笑顔になった。

「よい子じゃ。大事にせよ」

「あぁ、……ありがとうございます！」

感極まった夫婦は何度もシルケに礼を言うと、騎士に促されて法廷を出た。

シルケはイサベラに向き直ると目を眇める。

「トロイの子よ。そなたの気持ちもわからないではないが、ちと無理じゃな」

「なっ、なんなのアンタ！　さっきから失礼ね！」

イサベラが顔を真っ赤にして怒鳴りつけるが、シルケは風がそよと吹いたほどにも感じていないようだった。

「そこにおるグリーデルの子はの、ずうっと昔から我が愛し子と縁《えにし》を結んでおるのじゃ。たとえよそから子を借りてきたとて、あやつはそなたのものにはならぬ」

法廷内の誰もがイサベラの虚偽を確信していたが、当の本人は納得していないように歯ぎしりした。

「わたくしは……、わたくしこそが王太子妃に相応しい……あんな、乳臭い小娘なんかでは、絶対にないのに……！」

ティルザに対する妬み恨みをもはや隠す気がないようだ。

「あんたさえ、あんたさえいなければ……っ」

イサベラは辛うじて残っていた淑女の仮面をかなぐり捨て、懐に手を入れると隠し持っていたナイフをティルザに向けて構えた。ナイフの刃が鈍く光るのに気づいた傍聴席の貴族夫人たちから悲鳴があがる。

ナイフを腰の横に固定するように構えたイサベラは身体ごとぶつかる勢いで駆け出した。

驚いたティルザは椅子から腰を上げるが、足が竦んで逃げることができない。

「ティルザ……っ！」

ローデヴェイクは素早くティルザの前に立ち塞がるとイサベラの手を打ち、ナイフを叩き落とす。

「あっ」

イサベラは小さく声をあげて手を押さえて顔を顰めた。

「無駄な抵抗はよせ。私は誰であろうと、ティルザを傷つける者に容赦はしない」

ローデヴェイクの冷ややかな声に怯んだイサベラは、背後から伸びてきたツタに絡められ自由を封じられた。ツタの先を見れば、身を緑に染め、長い髪をツタに変化させてイサベラを拘束するシルケの姿があった。

豊かな髪は緑のグラデーションに彩られ、肌も唇も緑。侍女らしい控えめなドレス姿から、人ならざる姿への変化は一瞬だった。その佇まいは神秘的で、一幅の絵画のように感じられた。

「シルケ……っ」

ティルザは変貌した侍女の名を呼んだ。

「なるほど、これが動揺するということか」

パチパチと瞬きをしていたシルケは『ああ、やってしまった』とでも言いたげにため息をついた。

「……よしなさい、イサベラよ」

「お、おじい様……」

ロンダル翁は椅子を軋ませるとゆっくりと立ち上がり、イサベラの傍までやってくると孫娘の肩に手を置いた。

するとまるで糸が切れたようにイサベラがその場に頽れた。同時に拘束していたツタが引き近くにいた騎士が慌てて身体を支え、椅子に座らせようとしたがそれもままならないようだった。

ロンダル翁はゆっくりシルケに近付いた。

「……なんとお呼びすれば？」

「好きに呼ぶがいい、トロイの子よ」

シルケはまるで女王のような鷹揚さで応える。だが、それを不審に思うものはもはやこの場にはいない。誰もが声に出すことができないだけで、彼女が自分たちよりも上位の存在であることを理解し、その不思議な存在感に圧倒されていた。

「……深緑の、女王」

ロンダル翁はシルケの前で片膝をつくと、緑のドレスの裾に口付けた。

シルケはティルザと同じ深緑の瞳で、ただ静かにロンダル翁を見つめていた。

「我らトロイは、グリーデルとボルストに追いやられ、あなたを愛することすらままならなかった」

ロンダル翁は声を震わせながら告白した。

「我らが一番女王のことを愛しているのに、遠くラメアーノにまで追いやられて、お支えすることも、お守りすることもままならず……」

老人の涙ながらの言葉は積年の切なさを含んでいた。感受性豊かな者はハンカチで目頭を押さえているほどだ。

「愛とは己の身勝手な欲望を相手にぶつけることであったか。いつの世も人間の言葉は虚飾に塗れていて、我には難しい。それに気が遠くなるような年月で変わらぬのは我だけかと思っていたが、案外人も変わらぬものよの」

魂まで震わせるような老人の告白にも、シルケは尊大な態度を崩さない。

「あの日、トロイが私の分身たる森の木を切り、焼いてこう言った。『女王よ、これで土地の軛《くびき》から解放された。身共《みども》と共に参ろう』……トロイは我を愛していると何度も言ったが、我を理解していなかった。我は大地、我は森、大気であり水であり……人間ではない」

シルケが眉をほんの少し顰める。その表情からは不愉快さではなく寂しさを感じたティルザは口許を押さえた。ローデヴェイクはそんなティルザの肩を抱いて安心させるように力を込めると、声を張った。

「シルケ、……いや、深緑の女王は善く生きる我らに助力してくださった。貴殿らの企みは全て女王の知るところである」

「左様。人の世に干渉しすぎるのもよくないと静観していたが、見ておれなくなってての。我の言葉を届けてたくても、アグレルの地に我の声を聞く者は既におらなんだ。彼《か》の地から聞こえてくるのは我への祈りではなく、グリーデルとボルストに対する恨み言ばかり」

深緑の女王は寂しそうに首を傾げる。

「そもそも我は人の子の命を欲しておらぬ。我にかこつけて己《おの》が欲望を満たそうとするそなたのなんと浅ましいことか。同族を生贄として差し出し、それが我への愛だなどとは笑止千万」

「あぁ、深緑の女王よ。私たちは、トロイはただ……」

ロンダル翁は跪き、全てをかなぐり捨てるようにして女王に縋っていた。その姿にはもはや伯爵としての威厳はない。憐れな老人はなおも言い募ろうとするが、女王は手でロンダル翁を制する。

「我はこの地に生きるすべてのものを、等しく愛している。そなたらが道を誤ったのは我の愛を疑った故だ。誰でもない、己が心の闇に呑まれたのよ」

「女王……っ」

ロンダル翁はなおも食い下がるが、女王はそんな彼から一歩引き、緑の裾を捌いた。

「我の加護などに頼らずとも、そなたらは森から遠く離れた土地でも変わらず懸命に生きた。土地を開墾し、子供を産み育て日々に感謝していた。目覚めてからは我も見守っておった。なぜそれに満足できなかった？」

突き放すような、それでいてどこか包み込むような声音にロンダル翁が頽れた。女王の足元に蹲《うずくま》り嗚咽《おえつ》をこぼしている。そんなロンダル翁から視線を外すと、女王は顎をしゃくってローデヴェイクを呼んだ。

「グリーデルの子」

「女王のご協力に感謝いたします」

ローデヴェイクは女王に首を垂れると、法廷にいるすべての人をぐるりと見回した。

「悪しき所業は女王がすべてご存じだ。グリーデル王家はボルスト領連続行方不明事件の犠牲者の亡骸《なきがら》を遺族にお返しすると約束しよう。アグレル子爵家については追って沙汰を申し渡す。ロンダル伯爵については……隣国と協議をすることとなるだろう」

ローデヴェイクがざわめく傍聴席の貴族たちに裁判の終了を宣言すると、事件関係者は騎士たちに連れられ退廷した。

＊＊＊

入廷時と同じようにローデヴェイクにエスコートされて退廷すると、ティルザはとうとう我慢しきれずに口火を切った。

「ローデヴェイク様、いつから知っていたのですか？」

ローデヴェイクの袖を引いてティルザが見上げる。

「なんのことだ？」

とぼけるローデヴェイクを睨みつけるようにしてティルザは頬を膨らませた。

「シルケの……女王のことです！」

廊下に響き渡るような声に、ローデヴェイクは人差し指で彼女の可憐な唇を封じた。

「少し静かに。さあ、こっちだ」

納得いかない顔の婚約者を半ば引き摺るようにして執務室まで連れてくると、ローデヴェイクはその扉をしっかりと閉じた。

ご丁寧に鍵までかける念の入れように、よからぬ気配を感じたティルザが怯んだ。

「なぜ、鍵を？」

ティルザはローデヴェイクから距離を取ろうとしたが、扉とローデヴェイクに挟まれていて身動きができない。易々とローデヴェイクに囲い込まれてしまう。

「可愛い婚約者が逃げてしまわないようにね。私は臆病者なんだ」

ティルザの肩に手を置いたローデヴェイクは身を屈め、耳元で囁いた。

それは多分に艶を含んでいてティルザをどぎまぎさせた。

「に、逃げません……っ！」

「そう？　私から逃げないでいてくれるのか？」

長い指がティルザの細い顎をなぞる。つい、と顎先を摑んで上向かせると触れるだけのキスをする。

そしてシルケが深緑の女王だということは少し前から知っていたこと。シルケが事件を憂えて証拠集めを手伝ってくれたことなどを説明した。

「わたしに教えてくれてもよかったのに。内緒にしていたから本当に驚きましたよ」

そもそも深緑の女王がヒトとして顕現《けんげん》していることは、ボルスト辺境伯家の最も秘すべき重要機密であった。

単なるおとぎ話だと、深緑の女王の存在を架空のものと思う者もいる中、人ならざるもの……しかも豊穣の加護を与える神秘の存在が特定の領にいるという事実、しかも誘拐事件以降は受肉して屋敷に一緒に住んでいるなど、下手をすると争いの種になりかねない。

それでなくともグリーデル王家をも凌ぐと言われるボルスト領のことをよく思わない貴族もある。

ゆえにボルストは女王の存在を秘匿した。

ボルスト辺境伯は深緑の森に帰るように勧めたのだが、物怖じしないティルザを殊の外気に入った女王は辺境伯家で暮らすうちに人の世に興味を持ち、ヒトの愛と心の在り方を知りたいと願った。

それはティルザの初恋の君への想いと相まって、二人が性交渉に興味を持つまでにそう時間はかからなかった。

そこから、ティルザとシルケの捻れた主従関係が始まったのだ。

むくれたティルザの頬に触れて、ローデヴェイクが謝罪の言葉を口にした。

「ああ、すまない。だが君はとても素直だから顔に出るから教えられなかったのだ、と子ども扱いされたティルザは顔を真っ赤にして抗議する。ローデヴェイクはそれを軽くいなすと話題を変えた。

「本当は君を誘拐した奴らとパウリーは、あの場で二度と立ち上がることができないように叩きのめしてやりたかったのだが」

ティルザに微笑みかけると、ローデヴェイクは婚約者をぎゅっと抱きしめた。

「ロッ、ローデヴェイク様……」

「君が……アグレルの虚言を信じたらどうしようかと思っていた……」

心底安堵したように息を吐くと、ティルザの首筋に鼻先を擦りつける。

よくは見えないがその仕草が甘えているように感じられて、ティルザは胸がキュンキュンと締め付けられるように苦しくなった。

「あ、あの、ローデヴェイク様とイサベラ様の子供、という件ですか?」

「言わないでくれ、おぞましい。耳が穢《けが》れそうだ」

口直しでもするように、ローデヴェイクはティルザの唇を啄む。そのわずかな隙を突いてティルザが唇を尖らせる。

「信じていましたけど、もしかしたら……とも思っていました。だって、ローデヴェイク様ったら、いくら私を抱いてくださっても、その……」

急に下を向いて口ごもってしまったティルザに、ローデヴェイクは先を促す。

かまわないから言ってくれ、と目で告げると、彼女は意を決したようにキッとローデヴェイクを見据えた。

「だって、ローデヴェイク様ったら、中に出さないじゃないですか……っ！」

「……っ！」

まさかそこに言及されるとは思っていなかったローデヴェイクは、思わず言葉に詰まった。数瞬ティルザと見つめ合ったあと、観念したようにため息をついた。

「それはね、ティルザ」

ローデヴェイクはティルザの細い肩や腕をなぞると意味ありげな視線を寄越す。実直な彼とは違う知らない男の腕に抱かれているような錯覚をおぼえて、ティルザはぎくりと身を強張らせた。

「……」

節高な指がティルザの身体をなぞる。胸の谷間を滑るように下ると、身体の中心線に沿うようにゆっくりとさらに下りていく。

胸下から腹、へそのあたりを通過する指が行き着く先を想像して、ティルザの身体が震えた。

「……ティルザを抱くたびに中で子種を出したら、すぐに孕んでしまうだろう？」

「あ……」

ドレスとコルセットに阻まれているのに、まるで直に触れられているような奇妙な感覚がティルザを襲う。ローデヴェイクの視線がティルザの感覚を支配していた。

さり。

ドレスの上から下腹部を撫でられただけなのに、和毛《にこげ》を操られたような気がして、ティルザは一瞬にして汗をかいた。全身の毛穴が開き、血がすべて顔に集まったような火照りにティルザは思考がままならなくなる。

ふらついた細い身体をローデヴェイクが抱き上げ、長椅子に座らせる。無言のまま親指でティルザの唇をなぞると、応えるように薄く唇が開かれた。ローデヴェイクは親指を口の中に潜り込ませる。

「ん、……んぁ」

ティルザは舌を操る指に吸い付き、舌を絡める。ただローデヴェイクの指を舐めているだけなのに、どうしてか下腹が疼く。

痛いような、むず痒いような感覚は覚えがあった。ティルザの女の部分がローデヴェイクを求めているのだ。

「ローデ……ヴェイクさま……」

切れ切れに名を呼ぶと、すぐに唇を塞がれた。舌を絡めあい、互いの息を奪うような触れ合いになっていく。

ローデヴェイクが視線でティルザを縫い留めながら、脚をドレスの上から撫でさする。その手がドレスの中に入ってくるまでそう時間はかからなかった。

「あ、ふ……っ」

激しい口付けで身体の官能を煽ってくるローデヴェイクに、ティルザは翻弄されていた。与えられる快感に慣れてしまった若い身体はすぐにもっと深い交わりを望んでしまう。

(あぁ、駄目よ……こんな、昼間から……っ)

いくら王太子とその婚約者とはいえ、仕事をする場での情事は歓迎されるものではないだろう。

二人はまだ正式に結婚しているわけではない。婚約を交わしただけの今は政治的な事情から白紙に戻る可能性だってある。

(あ、……だから?)

先ほどのローデヴェイクの言葉を思い出して、ティルザは身を硬くした。もっと二人でいたい、という意味で捉えていた『中に出したらすぐに孕んでしまうだろう』という言葉の違う側面に気付いたのだ。

それは『子供ができては簡単に婚約を白紙に戻せない』という意味でもある。

不誠実な男が考えそうなことである。

(いいえ、いいえ！　ローデヴェイク様はそんな方ではないわ！　わたしを大事に……思ってくださって……)

確かにローデヴェイクは紳士的だ。

だが、それこそがティルザを不安にする。義務感でティルザを大事にしてくれているという線も未だに捨て去ることはできない。そんなことを考えているうちに、ローデヴェイクの手は不埒にもティルザの肌の上を滑り内腿の柔らかい肉に触れた。

「ティルザ……」

「あ……」

熱っぽく名を呼ばれ、流されそうになったティルザが、ちょっと待ってほしいと口にしようとしたとき、執務室の扉が些か乱暴にノックされた。

「……あのローデヴェイク様、どなたかが……」

「……」

無視してことを進めようと覆いかぶさってくるローデヴェイクだったが、ノックの音は徐々に大きくなる。鍵がかかっているとはいえ、ガチャガチャと力任せにドアノブに手をかけられるとさすがに続けてはいられない。

ローデヴェイクは眉間にしわを寄せると、服の乱れも直さずにドアへ向かった。乱暴に解錠してドアを開け「なんだ！　ここは執務室だぞ、騒々し……」と、廊下の人物を叱りつけた声は途中で途切れた。

ローデヴェイクの驚いた様子にただごとではないと、ティルザも慌てて身なりを整える。

「……執務室とは仕事をする場だと思っていたのだけれど、違っていたのかしら」

「……母上」

「お、王妃殿下……！」

立ち上がったティルザに王妃はちらりと視線を寄越すと、ローデヴェイクに向かって大きなため息をつく。

「あなたの婚約者に用事があるのだけれど」

「は、はい……っ、すぐに参ります……っ」

取る物もとりあえず王妃についていこうとするティルザの腕をローデヴェイクが摑んだ。

その必死な表情にティルザがきょとんとすると、ローデヴェイクは視線をあちこちにさまよわせた後、母親に念を押す。

「ティルザを傷つけるようなことをなさったり、言ったりすることはお控えください」

「この娘をこのままここに置いておくほうが危険でしょう。あなたは仕事をしていなさい。ここは執務室なのですから」

親子の間の微妙な軋轢《あつれき》を感じながらも、ティルザは王妃に連れられて執務室を出る。

二人を見送るローデヴェイクに、背後から声をかけられた。

「気を揉まずとも大丈夫だ。アレにティルザを害する意図はない」

「……女王」

その声に振り向けば、そこにはいつもの侍女然とした装いのシルケがいた。法廷での神々しい雰囲気は影を潜め、相変わらずなにを考えているかわからない表情をしている。

「あの者はティルザに悪意も敵意も持ってはおらぬ。今あるのは、そうさな……同情、か」

思いもよらぬシルケの言葉に、その真意を確認しようとしたローデヴェイクだったが、彼女はさっさと立ち去ってしまい、一人その場に残されてしまう。

「……ティルザ」

ローデヴェイクは母と婚約者が去った廊下を見つめてため息をついた。

＊＊＊

王妃の部屋に連れて来られたティルザはソファに座るように勧められて、いつもよりも背筋を伸ばす。

王妃に『深緑の女王』たるシルケを秘密裡《ひみつり》に王城に引き入れたことで叱責されるのではないかと身構えていた。

以前にローデヴェイクが言っていたように、王妃の部屋には花を生けられた花瓶や心和ます観葉植物の鉢植えなどは、なに一つ置かれていなかった。

緊張したティルザの前に、芳醇《ほうじゅん》な香りを纏うカップが供された。

水色も鮮やかなそれは、口を付けずとも美味しいことがわかった。

「ローデヴェイクがあなたに無理をさせているようね」

言外に謝罪の意味を汲み取ったティルザはとんでもないと目を見開いた。

「ローデヴェイク様はいつもわたしを思いやってくださいますし、とても紳士的で」

そう、ローデヴェイクはいつもティルザに優しい。

唯一の心配事は子種を肚の中に出してくれないことだが、それを彼の母である王妃に言うのはいくらティルザでもさすがに憚られた。

「ここにあの子はいないわ。不満があるのなら今ここで言っておしまいなさい」

カップを傾けた王妃を見つめながら、ティルザは心の中で首を傾げた。

先日会ったときとは態度が違うような気がするのだ。

（そう、前はもっと……ボルストだということがお気に召さないような……）

「あなたが気に入らなかったわけではないわ」

ティルザの心を読んだように王妃が言う。

まさか声に出してしまっていたのか、とティルザが慌てて口を塞ぐが、そうではなかったようだ。王妃はふう、と小さく息を吐くと手にしていたカップをテーブルに置いた。

「私が王妃になった経緯をご存じね？」

ティルザは遠慮がちに首肯する。先王からボルストの緑眼の娘を娶るよう厳命されていた現王は、ボルストに女児が生まれるまでは、と現王妃との結婚どころか婚約すら許しを得ることができず、明確な関係がないまま王妃はローデヴェイクを身籠った。

身籠った時点でもボルストに女児は生まれていなかったことから、婚約、成婚という流れになったが、そうなってでさえ現王が娶ったのがボルストの娘ではないことに先王は不満を隠しもしなかったと聞いている。

いまでこそ『授かり婚』と言われているが、当時は婚姻前どころか婚約すらしていない令嬢が身ごもったことで、社交界では侮蔑する者も多かったらしい。

「噂はほとんど真実で、私がボルストにいい感情を抱いていないことも事実だけど……本当の不満は夫……国王にあるのよ」

「え？」

王妃は急にわなわなと震えると扇を取り出し、もう一方の手のひらに打ち付け始めた。

その怒りを抑えきれない様子に、いくら物怖じしないティルザでも腰が引けた。

「口ではなにも言わないくせに、態度で示しすぎるのよ、グリーデル王家の男共は……！　ああ、息子にはそんな負の連鎖を断ち切ってほしいと思っていたのに……育て方を間違えてしまったわ、口惜しいっ」

ぱしん！　とひときわ高く扇を打ち鳴らすと、王妃はキッとティルザを見据えた。その迫力に思わず顎を引く。

「よいですかティルザ。ああなっては、ローデヴェイクはもはやあなたのことを離さないでしょう。これからはあなたのほうから、適宜あの子から距離を取りなさい。あなたが夫婦生活の手綱を握るのです」

想定外の指導が始まり、ティルザは固まった。部屋の中が真空になったような錯覚を覚え、言葉に詰まる。

夫婦生活。

ティルザとローデヴェイクが結婚したら始まる、新生活のことだろう。

「王妃……殿下、あの」

「わかるわ。私はあなたに対して褒められた態度ではなかったものね。でも、なにもあなたを追い出そうとしていたわけではないのよ。……ボルストに生まれたあなたを年甲斐もなく少しは羨ましく思ったりもしたけれど」

ツンと顔を逸らして体裁悪そうにしている王妃にティルザは親しみを覚えた。

「王城にいるということは悪意に晒されるということ。その中で常に自分を保ち、民のために最善を尽くさねばならない。そのうえで、妻たる王妃は国王からの重い愛を受け止めなければならないのよ……！」

最後の一言を口にする際、王妃は己が拳を強く握り込んだ。

それはとても気持ちが籠っていて、彼女が言いたいことを如実に表していた。

「……国王陛下は、王妃陛下のことを、その……とても慈しんでいらっしゃるの、です、……ね？」

言動からピンときたティルザが言葉を選んでそう問いかけると、王妃は片眉を上げ鋭い視線を向けてきた。

「……っ！」

その鋭さに一瞬呑まれかけたが、ティルザはなんとか堪え笑みを形作る。このくらいで引いてしまうようでは王家ではやっていけない、と王妃に言われているような気がしたのだ。それは正解だったようで、ティルザの笑みを見た王妃は口の端を持ち上げた。

「……ええ。あの人は本当に不器用で困った人。私がもっと察しが悪い人間ならどうなっていたか」

傍から見れば国王と王妃の仲は悪く、意思疎通もないように見えるが実際はそうではないらしい。

王妃が口許を扇で隠しながら薄く笑う。

「あなたも気を付けるのよ。ローデヴェイクは私の息子だけれど、あの国王の息子でもあるのだから」

なにやら不穏なことを言うと、王妃は焼き菓子の載ったトレイをティルザのほうに押して寄越す。ティルザは礼を言ってからトレイに手を伸ばす。一口大の焼き菓子は表面に蜂蜜を塗ってあって、しっとりとした口当たりで大変に美味しかった。

「食べられるときに食べておきなさい。あと、いつでもつまめるように食べ物を携帯するといいわ。ああ、それはローデヴェイクが幼い頃に好きだった菓子よ。あとであの子にも持っていきなさい」

テキパキと菓子を包むよう侍女に命じる王妃をティルザは驚きをもって見つめた。

王妃によく思われていないと思っていたがそんなことはなかった。

(王妃様はきっと、誤解されやすい御方なのだわ)

息子であるローデヴェイクからも、恐らく周囲の人たちからも。

冷徹そうに見えてその実、懐に入れてしまうと驚くほどに親身になる人柄に、そして自分がその懐に入れてもらえた喜びにティルザは頬を緩ませた。

二度目に王城に来たときに『王妃の庭』で会ったのも偶然ではなく、王妃相手にどれだけ躱すことができるか試したかったからだったそうだ。

「言い方が適切ではないかもしれないけれど、王太子妃としての適性を見たかったのよ」

箱入りで育った若い娘が倍近く年の離れた王族に嫁ぐ。それが珍しいことではないとしても、適性がない娘ならば心を病《や》んでしまうかもしれない。

王妃はもしティルザには荷が勝ちすぎていると判断したときは、強引にでもティルザをボルスト領に返すつもりだったそうだ。

「……わたしあのとき、か弱いふりなんてしないでよかったです……！」

そう言って額の汗を拭ったティルザに、王妃は声を上げて笑った。

＊＊＊

今回の事件は過去の判例に照らして罪状が決定された。

アグレル子爵とイサベラの母親は財産没収のうえ生涯幽閉。イサベラは赤子誘拐の罪とティルザを害そうとした罪で戒律が厳しいと有名な地方の修道院へ送られ、パウリーは監禁と暴行未遂で禁固刑、誘拐の実行犯たちは懲役刑……結果としてアグレル家は取り潰しとなった。

ロンダル伯爵は隣国の貴族ということもあり、グリーデル国と隣国ラメアーノ公国と協議の末、爵位の返還、領地の没収、屋敷での無期限蟄居を言い渡された。

没収されたアグレルの財産は、グリーデル王家とボルスト辺境伯家からの見舞金を上乗せして誘拐された遺族らに分配されることとなった。見舞金は庶民にしては大金だったが、行方不明者を探す家族の中には数十年の長きに渡って安否を心配していた者たちもいて十分な補償とはとても言えなかった。

白骨になってしまった犠牲者の特定は深緑の女王であるシルケが行い、それぞれの家族の元へ間違いなく帰すことができたことだけが救いと言えるだろう。

「やっと戻ってきてくれた。……これで弔ってやれる」

遺骨を手にした遺族は皆抱きかかえて涙を流した。その様を見ていた騎士たちは目を真っ赤にしながら、このようなことが起きないよう努めるのだと心に誓った。

6・女王に愛された娘

連続行方不明事件並びに王太子の婚約者誘拐事件が解決して一年が経った頃、王太子ローデヴェイクとボルスト辺境伯の娘ティルザの結婚式が盛大に催された。

街道という街道には花が飾られ、王都は連日お祭り騒ぎに沸いた。

深緑の女王に愛された緑眼の娘を一目見ようと国中から、いや近隣国からも見物人が我も我もと王城に押し寄せたため、急遽主要な通りを馬車でパレードすることとなった。

「……そんな、王城のバルコニーからのあいさつでさえこの人の多さなのに、まさかパレードなんて……」

いくらこの一年で慣れたとはいえ、真正箱入り娘のティルザはあまりの観衆の多さに顔を青くした。

街に出ればこれ以上の人がいる。馬車の準備が整うまでの間、気後れするティルザを膝の上に載せたローデヴェイクは大丈夫と言い続けた。

「騎士団が万全の警備をしているし、辺境伯軍も応援に来てくれている。隣にはずっと私がいるのだし、心配することはなにもない」

緊張のためか冷えたティルザの手を温めるように握りながら言うが、ティルザは緩く首を振る。

「安全面を心配しているのではありません。……ローデヴェイク様の隣にわたしがいることを快く思わない人たちが、強制的にわたしを見せられて不快になるのではないかと」

儀式のあとに王族がバルコニーに立って集まった民衆に挨拶をすることはよくあることだ。王族の姿を一目でも見たい、と集まってきた者たちのため、笑顔で手を振るのは問題ないと思われた。

しかし通りをパレードするとなると、見たくない者の目にも入ってしまうということだ。グリーデル国に暮らしているとはいえ、全ての民が王族に好意的とは言えないことはもちろんティルザも承知しているし、ボルスト辺境伯もまた然り。

頼みもしないのに見せられて、と不愉快になったり、警備のために通行も規制されて困ったりする者も出るのではないかとあれこれ気をまわしたティルザは眉を下げて俯く。

「なんと繊細《せんさい》な。花祭りの舞踏会で『すぐにまぐわい、子作りをしましょう』と言い放った君と同一人物とは思えないな」

笑いを含んだローデヴェイクに、ティルザは頰を赤らめて反論する。

「そ、そんな前のことをここで言うなんてずるいです！　あのときは……絶対にローデヴェイク様と離れたくなかったから必死で……っ」

ティルザはあのときの、婚約をどう断ろうかと思案するようなローデヴェイクの表情を思い出して胸が締め付けられる心地になる。

「あぁ、あのときは一方的ですまなかった。私は君と対話するべきだったのだ。だからこそ私は今君になんの問題もないと言うよ。ティルザ、自信を持って。君は私にもったいないくらいの素晴らしい女性だ」

握った手を口元まで引き上げると白い手袋をした指先に口付ける。その意味に気付きティルザは目元を緩ませる。

「ローデヴェイク様……」

ティルザはローデヴェイクの胸に凭れてその逞しい胸板に手を添えた。

「わたしも口付けをお返ししたいのですが、今ここでは憚られる部分なので後ほど……」

その言葉を聞いたローデヴェイクは「え」と短く声を上げた。

ティルザが顔を上げると彼の端正な顔が赤く染まっており、そこで初めて自分の発言がとても思わせぶりに聞こえてしまうことに気付いた。

「なっ！　おかしなことを考えないでください……っ！　胸に、胸に敬愛の口付けをと思ったのですわ！」

自らも真っ赤になって弁解するティルザに背後から声がかけられた。

「胸へのキスは一般に所有を表すわね。ティルザ、あなたなかなか情熱的ね」

控え室に国王と並んで入ってきた王妃に揶揄われてティルザは更に顔を赤くする。慌ててローデヴェイクの膝から降りると顔の前で手を振って必死になって否定する。

「ま、間違えました！　違います、所有ではなくて、敬愛です！　ええと……っ」

慌てると覚えているはずの事柄まで出てこなくなる。混乱で汗までかいたティルザを可哀そうに思ったのか、寡黙な国王がぼそりと告げた。

「……敬愛ならば腰ではないかな？」

意外な助け舟にティルザが一も二もなく飛びついた。

「あっ、ありがとうございます国王陛下！　そうです、腰、腰でしたね！　だからそれはあとで……っ！　それよりもパレードですね……っ」

いろいろと考えが回っていないティルザがこの話は終わり！　と強引に話題を変えた。場が一瞬微妙な空気になったが、ティルザがそれに気付くことはなかった。

笑いをこらえたローデヴェイクと赤面して未だ落ち着かない様子のティルザがパレードに出掛けると、手を上げて見送った王妃が国王に声をかける。

「あなたでもああいう冗談を言えるのですね」

「……余とて氷でできているわけではないからな」

ソファに腰掛けると、王妃にも座るように合図する。王妃は少し考えたあとで向かいではなく、国王の隣に腰掛けた。

「……近くないか？」

ぼそりと呟く国王に、王妃は涼しい表情で扇を広げぱたぱたと扇ぐ。

「夫婦ならこれくらいが適当でしょう」

あぁ疲れたこと、と王妃が殊更激しく扇ぐ風を感じながら国王はそっぽを向いた。

「……そうか、適当か」

普段無機質な国王の声に一抹の感情が紛れているような気がして、王妃の口許がほんの少し、上がった。


ティルザの心配をよそに、パレードは大盛況であった。

皆が笑顔で手を振り祝福してくれていることに感激したティルザが、思わず泣いてしまったところをローデヴェイクがハンカチで涙を拭き、目元にキスをする。

仲睦まじい様子に周囲から歓声が上がり、ティルザを照れさせた。

途中、通りを警備している辺境伯軍に見知った顔を見つけ、ティルザが身を乗り出して手を振る。兵士に『お嬢様、いいえ、王太子妃様ー！　どうぞ今日だけでもおしとやかになさいませー！』と小声で窘められる場面もあり、そのほほえましいやりとりに場はたいそう盛り上がった。

パレードの前の心配事が杞憂に終わったことにほっとしたティルザは、帰城してすぐ花嫁衣裳を脱ごうとメイドに声をかける。ローデヴェイクがそれを制止し、メイドたちに部屋を出て行くように告げた。

祝宴は別のドレスが準備されているから着替えなければならない。いったいなぜ、とメイドを見送りながら首を捻るティルザの手を、ローデヴェイクが恭しく額に戴く。

「花嫁衣裳を脱がせるのが夢だった。……いいかな？」

「!?」

思わぬ告白を聞いたティルザは耳を疑ったが、冗談を言っているとは思えない表情を前についい頷いてしまった。

ローデヴェイクは歓喜に顔を綻ばせると、ティルザの額に口付けをしていそいそと背中側に回った。

「……ドレスを脱がすのは難しいですよ？」

着付けたときの大変さを思い出してティルザが忠告する。専門のメイドに任せては、と暗に言ったつもりだったがローデヴェイクはこともなげに言ってのける。

「隠しボタンやフックのことは把握している。焦れてドレスを破くような愚行は犯さないと誓う」

いったいなぜそこまでして、と彼の謎の情熱に首を捻るティルザだったが、鏡に映る真剣な横顔を見て『まあ、いいか』とため息をついた。

ドレスを脱がされて下着姿になったティルザに満足したローデヴェイクはガウンを着せると、頬に口付けをした。

「わがままを聞いてくれてありがとう。では、綺麗にドレスを着付けてもらいなさい」

「あ、……はあ……」

もしかしてこのまま不埒なことをされるのではないかとドキドキしていたティルザは、拍子抜けして中途半端な返事でローデヴェイクの背中を見送った。

ローデヴェイクが退室するのと同時にメイドたちが入ってきて、腑に落ちない、という顔をしたティルザを見た。

彼女らも『なぜ、無事でいるのかしら……?』と怪訝な表情をしている。

結局ローデヴェイクの行動を誰も理解することはできなかった。

可愛らしくも品のある薔薇色のドレスに身を包んだティルザが、ローデヴェイクにエスコートされて祝宴に姿を現した。改めて皆から祝福を受けるティルザは、すでに一年ほど王城で暮らしているため顔見知りも多く、国王や王妃との関係も円満と言っていいほどであった。

「いつもだと花嫁に納得のいかない貴族諸侯が嫌味を言ったりするんだが、そういうのはないみたいだな」

一区切りついたところで、ティルザの父である辺境伯が不思議そうに娘に尋ねた。

「まるでそういうことを望むようなことはやめてください。不謹慎です」

「お父様は寂しいのよ。……本当にきれいだわ。おめでとうティルザ」

母親の辺境伯夫人が目元を赤くしながらも満面の笑みで寿《ことほ》ぐ。抱き合って喜びあう二人に、辺境伯は口をへの字にする。

「本当は君が嫌がっていたから、すぐに婚約破棄するつもりだったのに。辺境伯軍の幹部候補生と結婚してずっとうちにいればいいのに……」

「またあなたはそんなことを言って！」

夫人が窘めるように辺境伯の脇腹をつつくと、あいさつに回っていたローデヴェイクがティルザの元に戻ってきた。

「辺境伯、夫人。今日はありがとうございます」

ローデヴェイクのにこやかな様子に、辺境伯の言葉が聞こえていなくてよかったとティルザはほっと息を吐く。

だがそうではなかった。ローデヴェイクは辺境伯に深々と頭を下げた。

「辺境伯と夫人がこれまで大切に大切に育ててきたティルザを、私のような者に預けるのは不安で仕方がないことは重々承知しています」

「ちょ、ローデヴェイク様!?」

突然の出来事にティルザは驚きを隠せない。

しかし辺境伯も夫人も彼の言葉を黙って聞いている。

「これからはあなた方がしてきたように、私がティルザの笑顔を守り、愛する。私はティルザがいなければ幸せになれない。申し訳ないがもう手放すことなど考えられない」

宴の参加者も気づいて固唾を呑んで見守っている。いまや宴の大広間はさやさやとした人の気配しかしていない。

「……まったく殿下も人が悪い。ここでそんなことを言われては、たとえ反対でもそうは言えない」

「まあ、あなたったら。殿下、この人は感動して照れているだけですからお気になさらずに。どうぞティルザをよろしくお願いいたします」

夫人がにこやかにそう言うと周囲から歓声が沸いた。皆が口々に祝いの言葉を口にし、杯を打ち鳴らし酒を飲み干す。

二人に礼を述べ、ローデヴェイクは隣のティルザに微笑みかけた。ティルザは深緑の瞳を潤ませながらも可愛らしく唇を尖らせた。

「……そういうことはお父様にではなく、まずわたしにおっしゃってください」

ローデヴェイクはそんな初々しい妻の頬に口付けを贈った。

宴の間、ローデヴェイクは始終にこやかであった。疲れの見えたティルザの様子に目敏く気が付くと補佐官のアダムに目配せをした。

「私たちはこれで失礼する。皆はゆっくりと宴を楽しんでいってくれ」

ローデヴェイクは国王と王妃にも短く挨拶をすると、ティルザを伴って宴の会場を後にした。

花嫁と花婿が成婚の宴を途中で退席することは珍しくない。むしろここからが本番、とばかりに酒宴はより盛り上がるのだ。

一方ローデヴェイクとティルザは新しく賜った新宮にいた。

儀式も宴も済めば、あとは二人でゆっくり過ごすようにとの心配りであったが、ティルザは居た堪れない気持ちだった。

(だって、これって……気兼ねなく致しなさいという……っ)

ローデヴェイクは花嫁衣裳とは違い、宴用のドレスを脱がせるつもりはないようで先に寝室に入っている。ティルザはメイドたちから入浴を手伝ってもらい、初夜のために特別に用意された夜着を身に着ける。繊細なレースで縁どられた、薄く透け感のあるそれはティルザをまるで妖精のように見せた。

「まあ、王太子妃殿下、とてもよくお似合いです……！」

メイドたちが口々に褒めると、ティルザは頬を赤らめて俯く。

「ローデヴェイク様も、そう思ってくださるかしら」

もう何度も肌を重ねているローデヴェイクが、この夜着を着たくらいで喜んでくれるのか不安に思っていると、メイドたちが声をそろえて言った。

「もちろんです、メロメロです！」

その声に後押しされて、ティルザはガウンを羽織って寝室に向かった。メイドたちは口々に祝いの言葉を述べて部屋を出る。

これで本当に二人きりなのだと思うと、なぜか急に心細くて、ティルザは自分の身体を抱きしめた。

「……案ずるな、愛し子よ」

「シルケ、……いいえ、深緑の女王」

いつの間にか質素な侍女の装いでティルザの傍らに立つ女王は、静かに微笑む。

その表情はあまり動かないのに、どこか憂いを帯びているように感じて、ティルザは女王に手を伸ばす。その手をそっと握った女王は困ったようにほんの少し唸ると、口角を引き上げる。

「グリーデルの子は約束を違えない。きっとそなたを愛し守り抜くだろう」

「ええ、ローデヴェイク様はきっとわたしを愛してくださるわ。それに負けないくらいわたしだってローデヴェイク様を愛するつもりです」

ぐっとこぶしを握って決意表明するティルザを見て目を細めると、女王は細い指で彼女の顎を捉えると、クイ、と持ち上げ頬に口付けた。

「女王？」

「そなたは愛らしく美しい。そして強い。我はそなたを誇りに思う」

そう言ってティルザの背を押す。

ティルザは胸の中があたたかいもので満たされたのを感じ、力強く頷いて寝室へと入っていった。

そこは薄暗く、豪奢な天蓋付きの大きなベッドがぼんやりと白く浮かび上がっていた。ベッドに腰掛けていたローデヴェイクは立ち上がって両手を広げた。

「……ティルザ、おいで」

「ローデヴェイク様……っ」

二人はしっかりと抱きしめあった。互いの背中に回された腕が熱を帯び、体温が上がっていく。溜まった熱を逃がすように息をすると、その吐息ごと奪うような口付けになった。

ローデヴェイクはティルザの背を支えながらそっとベッドに寝かせると、覆いかぶさるようにして口付ける。

「あぁ、ローデヴェイクさま……っ」

「ティルザ、愛している」

着ていたガウンはあっという間にはだけられ、薄い夜着だけになる。それ以外身に着けていないティルザは自分の胸の膨らみがくっきりと夜着を押し上げていることに気付き、急に恥ずかしさを覚えた。

（ああ、さっきのキスでもうこんなに……！）

ツンと上を向いた赤い蕾がいかにも触れてほしいというように主張している。挙動不審なティルザに気付いたローデヴェイクが「どうした」と聞いてくれるが、素直に口にすることができない。もじもじとしていると察したのかローデヴェイクが微笑んだ。

「ティルザとはもう何度も抱き合ったのに、抱き合うたびに新鮮な喜びと欲望が生まれてくる。私に啄まれたくてこのように赤く熟れてくれたのだと思うと、愛しさでどうにかなってしまいそうだ」

ベッド以外で絶対に聞くことがないような恥ずかしいセリフを口にすると、ローデヴェイクはティルザの肌を撫でながら、おもむろに口を開け、夜着の上から赤い蕾を口に含む。

「はっ、あぁ……っ！」

知っているはずの感覚なのに、今日はより身体が鋭敏になっているようだった。心なしかローデヴェイクの舌もいつもより熱い気がして、ティルザは身体の奥に火が灯るのを感じていた。

その火はローデヴェイクが触れたところから全身に広がり、すっかりティルザの思考を蕩けさせた。

「いつもよりも感じているようだな？」

弾むような口ぶりにティルザが顔を背ける。

「……はしたないと、思わないでください……っ」

身を捩り、腿を摺り合わせたティルザの上で、ローデヴェイクが喉を鳴らした。

「それは逆効果だ、ティルザ」

「え……、あっ！」

大きな手がティルザの胸元におりてきて、頼りないリボンを解くと、薄い夜着はローデヴェイクに対して身体を隠す機能を全く失ってしまう。己が身体の全てをローデヴェイクの元にさらしたティルザは反射的に手で身体を隠してしまう。

「ティルザ」

「……ちょっと、待ってください、心の、準備が」

そんなものはとっくにできていたつもりだったが、なぜかどうしようもなく恥ずかしかった。ティルザは自分がいったいどうなってしまったのか、わからず混乱していた。

もう一押ししたら泣いてしまいそうなほどに慌てているティルザの上から、ローデヴェイクは身体を起こした。

「いいよ、待つ。ティルザが私を求めてくれるまで」

「……え？　……え？」

強引に、情熱のままに身体を重ねられると思っていたティルザは一瞬拍子抜けしてしまったが、すぐに自分の思い違いだと気付いた。

ローデヴェイクはベッドから降りると、服を脱ぎ始めたのだ。シャツのボタンを上から順にゆっくりと外しはだけさせると、鍛えられた胸筋と割れた腹筋があらわになる。ティルザと違って躊躇う様子もなく一息に脱ぎ去ると、それをベッドの下に落とす。

「……っ！」

一瞬ティルザのほうを見たローデヴェイクが薄く笑うと、その手がトラウザーズにかかる。ボタンを外すときに動作が滑らかではなかったのは、外しにくかったのだと気付いてティルザは顔を赤らめる。

暗がりでよくわからなかったが、目を凝らすとローデヴェイクの前立てがきつそうに膨らんでいることがわかったのだ。

（あ、あぁ……っ）

ローデヴェイクが自分を求めてそうなっていることに、身体の奥が悦びで震えた。蜜洞がきゅう、と勝手に収縮する。

下着も一気に脱いでしまい、一糸まとわぬ姿になったローデヴェイクが再びベッドに上がり、ティルザの腰をまたいで膝立ちになる。

「ティルザ」

「はっ、はい！」

雄々しく立ち上がったローデヴェイクに目を奪われていたことに気付いたティルザが慌てて上体を起こして返事をする。

「今宵は、ティルザの中に出したい。君はそれによって失うものがあるだろうが、その分、いやそれ以上に私が君を満たしてあげたいのだ」

「……っ！」

恐らく一般的な閨の睦言に照らせば、まったく色気のない直接的な言葉だろう。しかしティルザの胸に重く響いた。ローデヴェイクは邪《よこしま》な計算からティルザの中に出さなかったわけではなかったのだ。

彼は彼女を思い、中に出すことによって失ってしまうものの大きさに躊躇っていたのだと気付いた。

ティルザの胸が熱く震えた。

「あ、……あぁ、ローデヴェイク様……、来て、わたしの中に……わたしを満たしてください……っ」

ティルザが両手を差し出すと、ローデヴェイクがその細い身体を抱きしめた。もはや二人を隔てるものはなくなり、一つになろうとしているように肌を擦り付けあう。

何度も口付けを交わし、舌を絡めあう二人に言葉は不要だった。なにがしたいのか、なにを求めているのか感じ取れるようだった。

ティルザの身体はどこもかしこも敏感で、感じすぎて流れた涙をローデヴェイクが吸い取って口付ける。

長く太い指が優しく秘めた場所に触れると、ティルザは自然にそれを受け入れた。羞恥はあったものの、求めあっているという自信のようなものがティルザを大胆にさせた。

「は、あ、あぁ……っ、んん……っ！」

隘路を慣らす動きにビクビクと身体を痙攣させたティルザの額に優しくキスをすると、ローデヴェイクは耳元で囁く。

「ティルザ、君の中に入りたい」

堪えるような息遣いにティルザの胸が高鳴る。小さく頷いて彼を迎え入れようとしたが、思い立って悪戯っぽい表情になったティルザはローデヴェイクの首に両手をまわすと、思いっきり引き寄せて至近距離で言い放った。

「すぐにまぐわい、子作りしましょう……！」

虚を衝かれたローデヴェイクは一瞬目を見開いたが、すぐに片眉を上げて口角を上げる。

猛る雄芯をティルザの濡れそぼつあわいに数度擦り付けると先端をひたりと膣口に宛がう。

「ああ、しよう、何度でもしよう……愛している、ティルザ……私の愛しい人」

「ローデヴェイク様……っ」

昂ぶりに愛蜜を擦り付けて馴染ませるようにしてから、ローデヴェイクは切っ先をゆっくりと蜜洞に潜り込ませた。初めてではないといっても、華奢なティルザの隘路に入るにはいつも根気が必要だ。受け入れたいティルザの気持ちとは裏腹にローデヴェイクをぎゅうぎゅうと締め付けてくる。それが苦しくも心地いいローデヴェイクは流れてきた汗を目を眇めてやり過ごす。

ミリミリと拓かれる苦しみにティルザが呻くと、すかさず唇が重ねられ、舌を吸われる。

「んっ、ふ、……っ」

自らも舌を絡め、痛みを逃がそうとしていると、ティルザの淡い茂みをローデヴェイクの指がくすぐった。敏感な秘玉に指を添えると、優しくつまんで指の腹で撫でた。

「ん、……っあ、あぁ……っ」

息を詰めて衝撃に耐えていたティルザは、その感覚に耐え切れず声を上げる。甘い声に気をよくしたローデヴェイクはそこを執拗に撫で上げた。

「気持ちいいか？」

「ひっ、あ……ローデヴェイク様っ、それ駄目……っん、あぁん！」

くりくりと秘玉を親指で捏ねると隘路の締め付けがゆるんだ。ローデヴェイクがそれを見計らって雄芯を隘路の奥にねじ込むと、敏感なところを刺激されたティルザがひときわ高い声で鳴いた。

「ひ、あ、やぁ……っ！」

背を大きく反らしびくびくと震えながら極まり、ローデヴェイクの雄芯をきゅうきゅうと締め付ける。

「う、……、はぁ……ティルザ……っ」

ローデヴェイクが感じ入ったように声を漏らす。その声に恍惚を感じ取ったティルザはうっとりと緑眼の目元を緩ませる。

「ローデヴェイク様……」

あるべきものがあるべきところに収まるように、ローデヴェイクの雄芯はティルザの蜜洞を奥まで満たしていた。

互いに顔を寄せて啄むような口付けをする。それが徐々に深くなっていくと、ぴったりだったはずの蜜洞が急にきつくなり、ティルザは小さく声を上げた。中に収まったローデヴェイクの雄芯が熱く脈打つのが手に取るようにわかった。

「……ティルザが可愛いのが悪い」

ローデヴェイクは低く唸ってから一旦腰を引くと、奥まで一気に貫く。その際にティルルザの弱いところを的確に摺り上げた。

「ひ、あっ！　あぁ……っ！」

何度も腰を打ち付けるような激しい動きのあと、奥を捏ねるように先端を押し付ける動きにティルザは悶絶した。

「あうっ！　ん、んぁ……っ、あぁっ」

奥の奥をこじ開けようとするような動きのたびに声が出てしまう。過ぎる快感に目の奥で火花が散る。

「ティルザ……っ」

一際奥を抉られ、声にならない声を上げたティルザは、蜜洞がぎゅうう、と収縮するのを感じた。数瞬遅れてローデヴェイクの雄芯が中で震えたかと思うと、身体内に熱い飛沫が放たれる。

「————!!」

(あ、あぁ……っ)

初めての体験に蕩けるような多幸感がティルザを満たす。これ以上ないほどに密着した二人にそれでも生じた、ほんのわずかな隙も逃さないと言わんばかりに白濁が行き渡る。

「……はぁ……っ、ティルザ、君は素晴らしい。君の夫になれて、私は幸せだ」

「わたしも……あなたの妻になれて幸せです」

つながったまま抱き合い口付けを交わす二人は、得難い幸福を噛みしめた。

子種を吐き出した昂ぶりを引き抜くと、ローデヴェイクはティルザを強く抱きしめた。

「ティルザ、とても素晴らしい体験だった。ずっと繋がっていたいくらいだ」

「まあ、ローデヴェイク様ったら」

抱き合いキスを贈りあうと、ティルザが「そういえば」と漏らす。

「男性のアレを剣にたとえる読み物がありまして」

「んん？」

片眉を跳ね上げたローデヴェイクに、ティルザは聞いて、と彼の唇を人差し指で封じる。

大人しくされるがままになるローデヴェイクに、微笑みながら口を開く。

「読んだときは『ああ、形状がそれを連想させるのね』と思っていましたが、今はそのたとえがよくわかるんです」

ティルザは笑みを深める。

「守ることも害することもできる、鋭い刃を持つ剣を包み込むのは鞘でしょう？　国を守るために時には厳しい選択を迫られるかもしれないローデヴェイク様を守り、包み込むのはわたしの役目。ローデヴェイク様が剣であるなら、鞘がわたしであることが誇らしくて
……っえ、ちょ……っ！」

ティルザの話が終わる前に、ローデヴェイクがティルザを強引に抱き込むと、無理やり唇を奪う。そして己の腰をティルザのそれに擦り付けるように動かす。そこは再び熱を持ち鎌首をもたげてティルザの中に入りたそうによだれを垂らしていた。

「ロ、ローデヴェイク様……っ？」

夫に絶倫の気配を感じ取り、ティルザは瞠目した。

翌日、太陽が中天を過ぎた頃にようやく起き出してきたティルザに、シルケが爆弾発言をした。

「昨夜のまぐわいで、そなたとグリーデルの子との間に新しい命の芽が宿るだろう。そなたとは今日でお別れだ」

「……え、……なにを、言って」

昨夜の疲れを癒すために、とメイドが持ってきてくれた消化に良いスープの皿をひっくり返しそうになる。シルケは慌てたティルザを落ち着かせるように肩を軽く叩く。

「緑眼の娘と我の関係は、もとよりそういうものなのだ。伴侶が現れれば、それがそなたを守るからな」

「そ、そうなの？」

幼い頃からずっと一緒にいたのに、まさか終わりがこのように来るとは思いもよらなかったティルザは動揺してせわしなく視線をあちこちに飛ばす。

視線の先に答えなどないと知っているだろうに、それが無駄なことだと気付くこともできない。

シルケはその様子を面白そうに見て頬を緩める。

「そなたのおかげでヒトの面白い部分をたくさん知ることができた。礼を言うぞ」

「シルケ……いいえ、女王……そんな、わたしはなにも……」

「我は女王と言われているが、本来は無性だからな。我には必要ないことだったが、いや、だからこそヒトのまぐわいのことをそなたと調べるのは興味深く、楽しかった」

「えっ」

またもや新事実が出現してティルザは混乱を深めた。

「本当はもっと早くそなたの前からいなくなる予定だったのだが」

「え？」

女王は肩を竦めて舌を出す。

「グリーデルの子に頼んでな。あいつには無理をさせた」

どういうことだ、と盛大に眉根を寄せたティルザに、女王は瞬きで無言を返す。あとでローデヴェイクに聞け、ということだろう。気付くと女王の姿が薄くなり、反対に室内の緑の気配が強くなる。女王の輪郭が溶けて葉擦れの音が強くなる。

「ちょっと待って、こんな急に……っ」

「我が愛し子、ティルザ……、幸せであれ」

「きゃあ！」

女王が言い終わらぬうちに、部屋の中で突風が吹いたと思ったらバルコニーに続く掃き出し窓が勢いよく開いた。ざああ、と木の葉が風に巻き上げられ、あっという間に見えなくなる。

「女王！……シルケ……っ！」

急いで窓に駆け寄るが応えはない。なにより女王の気配が全く消えてしまった。

「……っ」

ティルザは呆然と床に座り込んだ。


「そうか」

シルケがいなくなったことをローデヴェイクに知らせに行くと、彼は冷静に顎に手を当てた。その仕草で、ティルザはローデヴェイクがそれを承知していたことに気付く。

「そういえば、シルケがローデヴェイク様は事情を承知しているような顔をしていましたけど、いったいいつからシルケが女王だとご存じだったのですか？」

勢いこんで問い詰めると、ローデヴェイクは片手をあげてアダムに退室を促す。アダムは一礼して音もなく退室した。

「……女王のことを知ったのは、アグレル子爵の件を精査していたときだ。女王のほうから証拠集めの協力を申し出てこられて」

言われてみれば、丁度そのあたりからちょくちょくシルケの姿が見えなくなることが多くなっていたような気がしていた。

シルケは基本的には侍女としてティルザについてきたのだが、面白そうなことがあるとふらっと興味のほうを優先してしまうことがあった。

もともとティルザは侍女がいなければなにもできない令嬢ではないし、ローデヴェイクがつけてくれた王城のメイドが優秀だったため、特に不便も感じなかったが、それゆえ気付けなかった。

「女王はその気になればなんでもできるしわかるのだが、あえてそれをしないと言っていた。ヒトの世に多く関与することを嫌っていたようだ」

それはティルザも知っている。全能に近い女王はそのぶん枷も多かった。

すべてを知ることができる反面、正の感情も負の感情も清濁入り混じって四六時中女王を苛むのだという。それは女王という純粋な生命の塊を疲弊させ、深い眠りによる回復を必要とする。

今は昔よりも人の祈りの声は複雑にそして利己的になっていて、一体女王になにを望んでいるのか、それすらわからないこともあったと女王が愚痴めいたことを漏らしたのを聞いたこともあった。

ゆえに女王は意識的に一定の声を遮断していた。それは近年『緑眼の娘』が生まれていなかったこととも関係するらしい。

そんな女王が久しぶりに己の加護を与えた『緑眼の娘』に、受肉してまで会いに来たのは異例中の異例な出来事だったのだ。

いったいティルザのなにが女王の興味を引いたのかはわからない。しかし女王は意外なほどティルザを気に入っていたようだった。

王都に向かうにあたり、ティルザの侍女として同行すると申し出るなど、いったい誰が想像しただろう。さすがの辺境伯も驚きを隠せていなかった。

「だが、よからぬ気配を感じた女王は、ティルザを守ろうと私たちに協力を申し出てくださった」

ローデヴェイクが差し出した手をとると、ティルザは彼の隣に座った。

「……ならばわたしが攫われる前になんとかしてくれればよかったのに」

ティルザが唇を尖らせると、ローデヴェイクは苦笑した。

実はローデヴェイクも女王にそのように詰め寄ったのだが、『危機があったほうが男女の仲が燃えあがると聞いてな。スパイスじゃ。間に合うように教えてやっただろう？』と悪びれもせず言われてしまったのだ。

流石に危険な目にあった当人にはそれは言えない。ローデヴェイクはティルザの腰を抱いて引き寄せた。

「女王は君と離れがたかったようだ。協力する代わりに、私に一つ注文を付けた」

「注文？　どんな注文ですか？」

小首を傾げたティルザの頬に軽く口付けしたローデヴェイクはおもむろに口を開く。

「結婚式が終わるまでティルザの中に子種を出すな、と」

「は、……なんですって？」

まさかの言葉にティルザの声が裏返った。信じられない、と大きな緑の目を見開き眉間にしわまで寄せている。

「緑眼の娘に子が宿ると、女王はその娘から離れることになるそうだ。女王は少しでも長くティルザを見守りたいと思っていたようだな」

「えっ、じゃあ、わたしがあんなに悩んだのは……っ」

どうして中に出してくれないのか、と悶々と悩んだ日々の謎が解けて、ティルザは脱力する。そんな彼女の身体を優しく抱きとめたローデヴェイクの顔は綻んでいた。

「そんなに悩んでくれたのか？　私がティルザの中に子種を出さないことについて……」

初めてのときローデヴェイクは、母親のことが脳裏を掠め、すんでのところでそれをしなかった。

それ以降は、シルケからの要請で敢えて中に出さなかった。ティルザの中は想像よりもずっと具合が良く、ローデヴェイクは大変な苦行を課せられてしまった、と中出し禁止要請を受けたことを後悔するほどであった。

ティルザは問いを肯定しようとして、顔を赤らめた。よく考えなくてもそれはとてもはしたないことだと気付いたのだ。

口からでかけた言葉をなんとか飲み込んで、ティルザは両手で顔を覆う。

「ううう……っ」

「なんだ、我が妻は結婚してから人が変わったように恥じらうようになってしまったな」

揶揄うような声音に、ティルザが「そういえばそうですね……」と小さく洩らす。

「わたし、主にシルケと一緒に男女のまぐわいのことを調べていたのですが、初恋の騎士様のことを、まるで物語の中の人のように感じて……」

「……それは、私のことだよな？」

自分のことを『初恋の騎士』であると言うことは面映ゆくもあったが、そのあたりをはっきりさせておく必要があると感じ、ローデヴェイクは食い気味に言い募る。もちろんそれは正しくローデヴェイクのことであるため、ティルザはなんの衒《てら》いもなく頷く。

「はい。ローデヴェイク様はまるで物語の中の騎士様のように完璧にわたしの理想の男性だったので、そう思ってしまったのも仕方ないと思うのですが……。当時わたしたちが手に入れられるのは主に医学書や物語、そしてみんなから漏れ聞く噂話なので、もしかしたら当事者意識が希薄だったのかもしれません」

「当事者意識？」

ええ、とティルザは頷きローデヴェイクにもたれかかる。

「本や噂からは体温やにおいを感じることができませんもの。逆に妄想ならばどんなに破廉恥なことでも考えられるけれど……」

ティルザは言葉を切っておもむろにローデヴェイクに抱き着く。逞しく腕が回り切らないが、それを補うようにローデヴェイクが抱きしめてくれるため、二人の身体はぴたりと重なる。

「こうして抱きしめ合うと、妄想する暇もなく心が騒いで……ローデヴェイク様のことが好きだという気持ちで胸がいっぱいになってしまって、心も身体も反応してしまうんです」

胸板に頬をすり寄せる。

その初心な仕草にローデヴェイクの鼓動が跳ねた。胸に頬を寄せていたため、その変化にすぐ気づいたティルザが「あら」と呟く。

「ローデヴェイク様、今、ドキッとしました？　こういうのがお好きなんですね」

「……私はどんなティルザも好きだが」

照れのためか、少しむくれたような顔をしたローデヴェイクの頬に、ティルザは口付けをした。

「わたしも、どんなローデヴェイク様でも好きです」

心を通わせてから一年ほど経過したというのに、この二人の睦まじさは変わらないどころか深まるばかりだった。

扉の外ではアダムが、急ぎの案件を持ってきた官僚たちに対して、王太子に面会できない旨をいかにもっともらしく説明するかに苦慮していた。

エピローグ

それから十数年後、ローデヴェイクが王位を継承したグリーデル国は新たな体制を敷いた。彼とティルザ王妃の間には二人の王子と一人の王女が生まれていた。ティルザは幼い頃からの野望を果たしたのだった。

新たな法を整備し、より良い国造りにまい進する中、ローデヴェイクはこれ以降ボルスト辺境伯領に『緑眼の娘』が生まれたとしても、王家に嫁するよう要求しないことを国王として正式に宣言した。

それはボルスト以外の高位貴族からも概ね好意的に受け入れられた。貴族たちにとっては王家と縁続きになる可能性が上がるうえ、なんの縛りもなく豊かな辺境伯領と縁続きになる道もできたのだ。

ボルスト辺境伯領だけではなく、他領同士で交流が活発になり、結果国中が好景気となった。そのうちに、家同士のつながりを重視する政略結婚ではなく、自由恋愛の上で双方想い合って結婚する貴族も増えてきた。時代は大きく変わろうとしていた。

それからもボルスト辺境伯家では時折緑眼の娘が生まれたが、他の娘たちと同じように幸せな結婚をすることができた。結果、深緑の女王の加護が国内はおろか国外にまで行き渡ることとなった。

「これこそ、深緑の女王が目指したものだったのかもしれないな」

「ええ、そうかもしれませんわね」

実りの季節、ローデヴェイクとティルザは感慨深く王城の塔から城下を望んでいた。

干ばつの心配された旧アグレル領も治水工事に力を入れた結果、備蓄ができる土地に生まれ変わった。新しい領主は変わり者だが切れ者と噂である。

「シルケも、……女王も喜んでくれているかしら」

会いたいわ、と呟くティルザの腰を抱き寄せると、ローデヴェイクが耳に唇を寄せる。

「そんなに切ない声で言われると、嫉妬してしまうな」

そのまま耳殻に口付けするとティルザが笑いながら肩を竦める。

「いやだわ、あなた。そんなことされてもわたしが喜ぶだけなのに」

後ろには護衛騎士もいるというのに、人目もはばからずイチャイチャしていると、どこからか木の葉が一枚飛んできてローデヴェイクの額にビタ！　と張り付いた。

「うっ！　……女王め、見ているな？」

「あら、うふふ！　シルケはこういう悪戯が好きだもの」

ティルザが伸び上がってローデヴェイクの額に張り付いた木の葉をとる。まるで糊でくっついたようになっていた木の葉が、ティルザの手にかかると簡単にとれてしまう。

「そのうちまた時間を作って深緑の森に行こう。女王に大きくなった子供たちを見てもらいたい」

「ええ、そうしましょう！」

破顔したティルザは視線を城下に、そして空に向ける。風に女王の気配が混ざっているような気がしたのだ。

（深緑の女王は、いつでも人の世を見守ってくれている……なんて素晴らしいことなのかしら）

ティルザはローデヴェイクの胸に凭れて目を閉じた。

あとがき

初めまして、こんにちは。小山内慧夢《おさないえむ》と申します。

この度は拙作『堅物王太子は愛しい婚約者に手を出せない』を手に取っていただきまして、誠にありがとうございます。

あとがきに際しまして、まず皆様が思っているであろうことを、思考を読むなどという特殊能力を使うことなく敏感に察した私が、まずご説明させていただきます。

ＴＬ界の片隅でひっそりと素っ頓狂ヒロインを書いている小山内が、『歪んだ愛は美しい』――そんなゾクゾクするようなテーマを掲げられているソーニャ文庫様の執筆者として末席に名を連ねることになるとは、どういうことなのか。

わかります、わかり過ぎます。私もそう思います。

以前から一読者としてソーニャ文庫様の御本を嗜んでいることは事実としても、まさか書かせていただけるとは、正直思いもよりませんでした。

執着や重すぎる愛は小山内も大好物ですが、好きだから書けるかと言えば必ずしもそうではないわけで……。己の力量不足に二の足を踏む小山内に、しかし編集さまはおっしゃいました。いつもの小山内でいい、と。

いや、いいんかい！（歓喜）

ということで小心者な小山内がビクビクしながらも楽しく書き上げたのが本作でございます。やはり安定の素っ頓狂ヒロインになりました。（知ってた）

この話は初対面のセリフを言わせたくて組み上げました。最初は『すぐにまぐわい中出ししましょう』だったのですが、執筆過程で些かマイルド（笑）になりました。

ソーニャ文庫様の代名詞、執着にも苦労致しました。編集さまからも『一番のヤンデレは○○ですね！』と脇キャラの名を挙げられ、汗を拭く小山内。

執筆に際しまして編集A様、編集H様には大変お世話になりました。至らないところばかりで申し訳なく思いながらも、力一杯頼らせていただきました！

そして本作に超絶美麗な表紙イラストと挿絵で華を添えてくださった中條《ちゅうじょう》由良《ゆら》先生には最大級の感謝を捧げます！　カラーもモノクロもどれも素晴らしく美しい……！　線が綺麗！　好き！　一生推せる!!　ご担当くださって、本当にありがとうございました！

最後になりましたがいつも応援して下さる読者様、友人、先輩……本当にたくさんの皆様に支えられて小山内はやっと立っています。これからも少しでも楽しんでいただけるよう、頑張っていきたいと思います。

不安定なご時世ですが、皆様のご健康とご多幸を北国からお祈りいたしております。

今日も明日もいい日でありますように！

小山内慧夢

Sonya ソーニャ文庫

この本を読んでのご意見・ご感想をお待ちしております。

◆ あて先 ◆

〒101-0051
東京都千代田区神田神保町2-4-7 久月神田ビル
㈱イースト・プレス　ソーニャ文庫編集部
小山内慧夢先生／中條由良先生

堅物王太子《かたぶつおうたいし》は愛《いと》しい婚約者《こんやくしゃ》に手《て》を出《だ》せない

2022年12月6日　第1刷発行

著　者　小山内慧夢《おさないえむ》
イラスト　中條由良《ちゅうじょうゆら》
装　丁　imagejack.inc
発行人　永田和泉
発行所　株式会社イースト・プレス
〒101－0051
東京都千代田区神田神保町２－４－７ 久月神田ビル
TEL 03－5213－4700　FAX 03－5213－4701
印刷所　中央精版印刷株式会社

ISBN 978-4-7816-9730-7
定価はカバーに表示してあります。

Sonya ソーニャ文庫の本

『復讐の獣は愛に焦がれる』　青井千寿

イラスト　北燈

Sonya ソーニャ文庫の本

『俺様陛下はメイド王女を逃がさない』

貴原すず
イラスト 炎かりよ